ÉTAT

DE LA

QUESTION PHYLLOXÉRIQUE

EN EUROPE

EN 1877

(AVEC SEPT CARTES)

———

RAPPORT

SUR LE

CONGRÈS PHYLLOXÉRIQUE INTERNATIONAL

RÉUNI A LAUSANNE

DU 6 AU 18 AOUT 1877

PAR

LE Dr VICTOR FATIO

PROMOTEUR

MEMBRE ET RAPPORTEUR GÉNÉRAL DU CONGRÈS

(Aux frais de l'auteur.)

GENÈVE, BALE, LYON

H. GEORG, LIBRAIRE-ÉDITEUR

PARIS : SANDOZ ET FISCHBACHER, RUE DE SEINE, 33

1878

ÉTAT

DE LA

QUESTION PHYLLOXÉRIQUE

EN EUROPE

EN 1877

RAPPORT

SUR LE

CONGRÈS PHYLLOXÉRIQUE INTERNATIONAL

RÉUNI A LAUSANNE

DU 6 AU 18 AOUT 1877

PAR

LE Dr VICTOR FATIO

PROMOTEUR

MEMBRE ET RAPPORTEUR GÉNÉRAL DU CONGRÈS

GENEVE

IMPRIMERIE RAMBOZ ET SCHUCHARDT

FÉVRIER 1878

AU HAUT CONSEIL FÉDÉRAL SUISSE

————

A MES HONORABLES COLLÈGUES

MEMBRES DU CONGRÈS PHYLLOXÉRIQUE INTERNATIONAL DE LAUSANNE

DÉLÉGUÉS DE

L'ALLEMAGNE, L'AUTRICHE-HONGRIE, L'ESPAGNE,
LA FRANCE, L'ITALIE, LE PORTUGAL
ET LA SUISSE

L'AUTEUR

A MONSIEUR LE CONSEILLER FÉDÉRAL

NUMA DROZ

PRÉSIDENT DU CONGRÈS PHYLLOXÉRIQUE INTERNATIONAL DE LAUSANNE

CHEF DU DÉPARTEMENT FÉDÉRAL DE L'INTÉRIEUR

A BERNE

MONSIEUR LE CONSEILLER FÉDÉRAL,

Permettez-moi, en vous adressant le présent Rapport, de vous offrir dès l'abord mes compliments sincères et l'expression de ma gratitude pour la manière, à la fois aimable et entendue, avec laquelle vous avez su mener à bien une entreprise qui, pour être d'une utilité généralement reconnue, n'en était pas moins entourée d'assez grandes difficultés.

Quoique ce Rapport d'un délégué suisse au Gouvernement de son pays puisse n'être pas peut-être de tous points l'expression de l'opinion unanime du Congrès, je ne crains pas cependant, Monsieur le Conseiller, d'être contredit, en avançant ici que tous les éminents délégués des diverses Puissances qui ont pris part aux délibérations du Congrès de Lausanne ont emporté chez eux un sentiment profond de considération et d'estime pour l'habileté et le tact toujours courtois avec lesquels leurs débats ont été constamment dirigés et présidés.

Je souhaite que ces quelques pages dans lesquelles j'essaie de résumer, soit l'état actuel de la question phylloxérique en Europe, soit les progrès qu'auront pu faire faire à celle-ci les délibérations de la Conférence internationale du mois d'août dernier, puissent obtenir votre approbation, en considération du but à la fois humanitaire et utilitaire qu'elles poursuivent et qui les a constamment suggérées.

Mon intention n'est pas de traiter en détail du Phylloxéra aux points de vue anatomique et biologique, pas plus que de décrire systématiquement tous les symptômes et les caractères de la maladie engendrée par ce parasite de la vigne. Je ne veux pas également me lancer ici dans la discussion des nombreux procédés curatifs et préventifs tour à tour préconisés ou rejetés. Je tiens à m'adresser avant tout à ce vaste public de spectateurs et d'intéressés qui, en dehors des rangs des hommes de science, flotte continuellement entre le doute et l'erreur, jusque sur les points les plus importants de la question. Mon principal désir est de démolir une à une, en les discutant autant que possible, une foule d'idées sans fondement et d'opinions trompeuses qui, dans diverses contrées, ont toujours eu le tort immense d'engourdir les esprits devant les menaces du fléau, de seconder de mille manières l'ennemi et d'entraver énormément la défense.

Il me serait précieux de penser que, si je ne puis préconiser jusqu'ici aucun remède infaillible, je puis cependant aider en quelque mesure à la protection des contrées menacées, en m'efforçant de secouer l'apathie coupable des nonchalants et des indifférents, d'ouvrir les yeux des utopistes qui se confient trop dans de vaines chimères, de montrer la voie qui, seule maintenant, après tant d'espoirs déçus, peut promettre quelque sécurité aux régions intactes encore et de faire enfin comprendre à tous que l'union fait la force et que notre belle devise : *Un pour tous, tous pour un*, peut devenir aussi utile en pratique qu'elle est généreuse en paroles.

C'est dans cet espoir que je vous prie, Monsieur le Conseiller, de bien vouloir agréer l'assurance de ma très-haute considération,

Dʳ Vɪᴄᴛᴏʀ FATIO,

Promoteur, Membre et Rapporteur général du Congrès de Lausanne.

Genève, le 30 décembre 1877.

INTRODUCTION

Le Phylloxéra a malheureusement réussi à se faire, en Europe, une réputation assez triste et méritée pour qu'il soit superflu de chercher à établir ici l'importance d'une question qui, comme celle qui doit nous occuper, est maintenant de toutes parts à l'ordre du jour.

Tout le monde connaît l'immensité des ravages causés par le parasite dans bien des contrées viticoles, et il est impossible de n'être pas ému à la pensée de tant de misères de diverses sortes apportées déjà ou que peuvent encore amener avec elles les phalanges dévastatrices du terrible puceron.

L'insuffisance des remèdes jusqu'ici préconisés et principalement les progrès toujours plus menaçants du fléau, soit par les voies propres à l'insecte, soit surtout par les voies commerciales qui prêtent à celui-ci des moyens de transports beaucoup plus rapides et étendus que ses pattes ou ses ailes ne sauraient lui en fournir, démontrent, semble-t-il avec assez d'évidence, tant la gravité du mal et l'imminence du danger que l'inégalité des forces jusqu'à présent déployées dans le combat.

Il faut, dans la lutte actuelle, voir, je pense, plus qu'un cultivateur disputant, pour son propre compte, sa vigne à un microscopique insecte. En considérant la situation à un point de vue plus élevé, il importe de comprendre que c'est de fait l'homme qui partout se trouve maintenant aux prises avec la nature et appelé à défendre contre les représentants de celle-ci les précieux avantages qu'il a peu à peu obtenus à force d'industrie et de travail.

Habituée à jouir sans contrôle des bienfaits de la civilisation, l'humanité s'étonne d'être appelée à de nouveaux efforts, pour préserver ses conquêtes des attaques d'une nature qui réclame ses droits et semble se révolter contre les exigences toujours croissantes de la viticulture et du commerce.

L'homme, qui volontiers se croit le maître, courberait-il la tête, se résignerait-il sans discussion aux conséquences naturelles de son imprévoyance, et accepterait-il sans combat les conditions d'un rival aussi dangereux que le Phylloxéra, alors que de ses défaites même il peut tirer de précieuses instructions? S'il a véritablement reçu une intelligence supérieure dans un but de travail et de perfectionnement, il faut qu'il lutte, qu'il fasse appel aux forces vives de la *science*, de la *pratique* et de l'*administration*, qu'il étudie les agissements de son ennemi, qu'il se forge des armes toujours meilleures, qu'il coupe hardiment toutes les voies de communications et qu'il déclare au fléau une guerre acharnée, soutenue et générale.

Bien des batailles ont été livrées déjà en divers lieux, et bien des lois excellentes en elles-mêmes ont été promulguées en divers pays; mais, faute d'ensemble ou d'une entente internationale, tant de louables efforts ont échoué jusqu'ici, et presque toujours le parasite est sorti victorieux du combat.

Au lieu de s'entr'aider, les hommes se menacent ou se nuisent mutuellement, en prêtant volontairement main-forte à l'ennemi. Aussi longtemps que, d'un commun accord, les États intéressés ne se seront pas engagés à lutter chez eux, à la fois, contre l'insecte dans ses foyers et contre l'*exportation* aussi bien que contre l'*importation*, il sera bien difficile à un pays isolé de défendre ses frontières contre l'introduction de germes pernicieux.

Mille petits intérêts particuliers luttant, hélas! malgré tout, contre l'intérêt général, *il devient de plus en plus indispensable que les autorités interviennent en tout et partout et s'aident mutuellement de tout leur pouvoir.*

L'idée d'un *lien international* devait, semble-t-il, germer déjà dans l'esprit de plusieurs, quand, las de craindre et d'attendre, je crus devoir pousser enfin le cri d'alarme et, au nom de l'humanité et de l'utilité générale, faire appel à la solidarité et à la confraternité des nations.

Je savais que la Suisse ne laisserait pas cet appel sans réponse et que, bien vite, en levant le drapeau de ralliement, elle saisirait cette occasion de montrer, une fois de plus, le désir constant qui fait sa gloire de servir de trait d'union aussi bien entre les diverses puissances du continent qu'entre ses plus proches voisins.

En effet, le 15 février 1877, j'adressai à plusieurs Gouvernements, par l'intermédiaire de Messieurs les Consuls à Genève, une circulaire au moyen de laquelle je cherchais à faire valoir mon idée d'une Convention internationale, et, le 10 mars déjà, ayant appris que ma demande jusque-là purement officieuse avait reçu, en divers pays, un accueil favorable, M. le conseiller fédéral Numa Droz, au nom du Département de l'intérieur, s'empressa de faire au Haut Conseil fédéral suisse une proposition tendant à inviter les États viticoles de l'Europe à se faire représenter à une Conférence internationale ayant pour but d'étudier les mesures générales à opposer au fléau phylloxérique.

Cette proposition fut adoptée séance tenante et, peu de jours après, une invitation par note officielle était adressée par la Confédération suisse aux Gouvernements de l'Allemagne, de l'Autriche-Hongrie, de l'Espagne, de la France, de l'Italie, du Portugal, de la Roumanie et de la Serbie.

Bientôt après, je fus chargé par le Conseil fédéral d'élaborer un projet de programme qui, sous la forme de questionnaire, présentât à la discussion toutes les faces multiples de la question phylloxérique à divers points de vue, et put servir de guide ou de base aux délibérations de la Conférence projetée.

Ledit projet de programme fut adressé le 27 avril aux divers Gouvernements intéressés, avec une nouvelle note tendant à demander que chaque État voulut bien se choisir trois délégués susceptibles de représenter dans le Congrès les principaux intérêts de la question considérée au triple point de vue de la science, de la viticulture et de l'administration.

Le Conseil fédéral ayant ensuite proposé de recevoir le Congrès dans l'une des villes de la Suisse romande, et les divers États ayant l'un après l'autre accepté l'invitation de la Suisse, l'ouverture de la Conférence fut fixée au 6 août, et la ville de Lausanne fut choisie comme lieu de réunion. Le Gouvernement du canton de Vaud voulut bien se charger d'organiser, pour l'époque déterminée, tout ce qui, au point de vue matériel, pouvait être nécessaire à la future réunion internationale.

Enfin, le 27 juillet, une dernière note du Conseil fédéral communiquait encore, au nom de la délégation suisse, aux différents Gouvernements un projet de règlement des séances qui fut sensiblement modifié à l'ouverture du Congrès.

Le 6 août donc (1877) le Congrès phylloxérique international fut ouvert à Lausanne, à 10 heures du matin, par un très-intéressant discours du Conseiller fédéral N. Droz, qui rappelait avec talent, non-seulement l'importance et la gravité du fléau en question, mais aussi l'utilité, pour ne pas dire la nécessité, d'une lutte générale et d'une entente cordiale entre les divers États intéressés [1].

Sept États furent représentés au Congrès, et, à l'exception de M. le Vicomte de Coruche, du Portugal, tous les délégués annoncés assistèrent aux séances et prirent part aux délibérations. Les dits États, par ordre alphabétique, et les vingt membres, plus deux adjoints, dans l'ordre où ils furent annoncés, sont les suivants :

ALLEMAGNE

M. WEYMANN, Conseiller intime et Conseiller rapporteur à la Chancellerie de l'Empire. Reichskanzlei-Amt, Wilhelmstrasse, 74, Berlin.

M. le Dr BUHL, Député au Reichstag et propriétaire viticole à Deidesheim (Palatinat).

M. le Dr NŒRDLINGER, Conseiller forestier et professeur à l'Académie d'agriculture et de sylviculture à Hohenheim (Wurtemberg).

AUTRICHE-HONGRIE

AUTRICHE.

M. le Chevalier Guillaume DE HAMM, Conseiller aulique au Ministère I.-R. de l'agriculture. Ministère de l'agriculture, Vienne (Autriche).

Expert adjoint.

M. le Dr Léonard RŒSLER, Professeur et directeur de la station d'essai chimico-physiologique de fruits et de viticulture, à Klosterneuburg, près Vienne.

---

[1] Voyez Actes du Congrès, p. 1 à 4.

HONGRIE.

M. Gustave EMICH, d'Emœke, Écuyer de S. M. Sébastian-Place, n° 6, Bude-Pesth IV.

Adjoint.

M. Étienne MOLNAR, Directeur de l'école viticole, à Bude-Pesth, Wasserstadt.

ESPAGNE

M. MARIANO DE LA PAZ GRAELLS, Conseiller d'agriculture au Ministère de l'instruction publique, agriculture et commerce ; professeur au musée des sciences naturelles. Calle de la Bola, n° 2, Madrid.

M. LICHTENSTEIN, Entomologiste, près Montpellier ; membre correspondant de l'Académie des sciences de Madrid, à La Lironde, près Montpellier.

FRANCE

M. PLANCHON, Professeur à la Faculté des sciences de Montpellier, directeur de l'école de pharmacie de cette ville, membre correspondant de l'Académie des sciences et membre de la commission supérieure du Phylloxéra, à Montpellier.

M. le Vicomte DE LA LOYÈRE, Vice-président de la Société des agriculteurs de France, et membre de la commission du Phylloxéra pour le département de Saône-et-Loire, Château de la Loyère, par Châlon-sur-Saône (Saône-et-Loire).

M. HALNA DU FRÉTAY, Inspecteur général de l'agriculture et membre de la commission supérieure du Phylloxéra, à Ingrande-sur-Loire (Saône-et-Loire).

ITALIE

M. le Commandeur MIRAGLIA, Directeur supérieur de l'agriculture, au Ministère de l'agriculture, Rome.

M. TARGIONI, Professeur de zoologie et d'anatomie comparée à l'Académie de Florence et directeur de la station entomologique de cette ville. Musée d'histoire naturelle, 19. Via Romana, Florence.

M. le Chevalier François LAWLEY, Président du comité central ampélographique. Piazza Peruzzi, 4, Florence.

PORTUGAL

M. MANOEL-PAULINO DE OLIVEIRA, Professeur à la Faculté de philosophie de Coïmbra (Portugal).

M. le Vicomte DE CORUCHE (absent).

M. José-Luis DE BARROS E CUNHA. Torrès Vedras, près Lisbonne.

SUISSE

M. Numa DROZ, Conseiller fédéral. Palais fédéral, Berne.

M. BOICEAU, Président du Conseil d'État du canton de Vaud. — Au Valentin, Lausanne.

M. le Dr Victor FATIO, Genève.

M. Carl Vogt, Professeur à l'Université de Genève.

M. François Demole, Genève.

La SERBIE et la ROUMANIE, comme je l'ai dit, n'envoyèrent point de délégués, bien qu'elles eussent demandé à prendre part au Congrès.

Après son beau discours d'ouverture et sur la proposition de M. Halna du Frétay, délégué de la France, *M. le Conseiller fédéral Droz fut nommé par acclamation et à l'unanimité Président du Congrès.*

M. le président présenta alors à l'assemblée les quatre secrétaires suivants, qui furent immédiatement acceptés et qui siégèrent durant toute la session, savoir :

SECRÉTAIRE GÉNÉRAL.

M. DEMOLE-ADOR, de Genève. Veytaux, canton de Vaud.

SECRÉTAIRES

Section scientifique. M. DEMOLE-ADOR, de Genève. Veytaux, canton de Vaud.

Adjoint. M. DE BLONAY, à Blonay (Vaud).

Section de viticulture. M. Sylvius CHAVANNES, Inspecteur des collèges du canton de Vaud. Cité-devant, 1, à Lausanne.

Section de législation. M. Georges COURVOISIER, D^r en droit, Neuchâtel.

M. Demole-Ador, comme s'étant déjà beaucoup occupé de la question phylloxérique, fut naturellement nommé secrétaire général.

Après cela, le règlement proposé par la délégation suisse dut subir quelques modifications [1], le projet de programme que j'avais composé fut adopté en principe comme base des délibérations [2], et, M. le président ayant pensé qu'il serait utile que le Congrès se choisit dans son sein un *Rapporteur général*, l'assemblée me désigna pour remplir cette fonction, me faisant ainsi un honneur dont je crois devoir le remercier ici publiquement et sincèrement.

Enfin, M. *Boiceau*, président du Conseil d'État du canton de Vaud, fut élu à l'unanimité *Vice-président* du Congrès.

Le Bureau ainsi formé et la marche à suivre arrêtée, les travaux de l'assemblée, consistant en une étude spéciale de chaque question du programme, commencèrent immédiatement.

Le Congrès, ouvert le 6 août, terminait ses travaux et était déclaré clos le 18, après de chaleureux discours, d'abord de M. le Président, puis de MM. de Graëlls et de Hamm, délégués de l'Espagne et de l'Autriche en réponse à celui-ci. M. le Conseiller Droz résumait en quelques mots les travaux du Congrès, émettait le ferme espoir que de ceux-ci naîtraient des résultats heureux, et remerciait Messieurs les délégués étrangers, soit de leur savant concours, soit de leur constante bienveillance.

---

[1] Voyez Actes du Congrès, p. 9.

[2] Voyez Actes du Congrès, séances III à XV.

M. de Graëlls complimentait la Suisse, soit de son initiative dans la question, soit de la position honorable qu'elle a su se faire dans les divers domaines de la science, du commerce, de la politique et de l'administration ; enfin, M. le Chevalier de Hamm, s'adressant tout particulièrement au président, faisait à celui-ci, au nom de l'Assemblée, les meilleurs vœux de succès et de prospérité [1].

Pendant les treize jours que dura la Conférence, il y eut 15 séances plénières de trois heures chacune, et 10 séances particulières partagées entre les Commissions scientifique, viticole et législative.

Les nombreuses questions successivement soumises par le programme à l'appréciation du Congrès se groupaient forcément sous trois chefs principaux et dans trois ordres d'idées appelés à se compléter et s'appuyer tour à tour. La *science*, la *viticulture* et la *législation* devaient naturellement, comme je l'ai dit, contribuer chacune pour sa part, soit à l'établissement des faits par l'observation et la pratique, soit à la détermination des points sur lesquels l'autorité pouvait, de façon ou d'autre, intervenir d'une manière heureuse dans la lutte contre l'ennemi commun.

Beaucoup de questions générales ont été débattues et résolues en assemblée plénière, d'autres plus spéciales ont été renvoyées à l'étude de commissions qui devaient rapporter au Congrès et soumettre toujours à la sanction de celui-ci toutes leurs opinions quelles qu'elles fussent. En livrant ainsi la plupart des sujets litigieux d'abord à l'étude d'hommes éminemment compétents dans la matière, puis à l'appréciation de tous les délégués réunis, on ne pouvait guère manquer de satisfaire aux diverses exigences de la vérité et de répondre autant que possible aux desiderata des différents pays. Un grand nombre de solutions importantes ont été ainsi successivement établies ; toutefois, tout en obtenant bien des heureux résultats à divers égards, le Congrès a été forcé cependant de laisser planer des doutes sur différentes questions, d'avouer son ignorance sur plusieurs points scientifiques, et de reconnaître très-souvent son impuissance en matière de législation.

On ne devait guère s'attendre à ce que le Congrès pût d'emblée doter la viticulture d'un remède général et infaillible. Le but de cette conférence internationale était bien plutôt de guider et de favoriser, par un accord raisonné, les efforts faits en divers pays contre l'extension toujours plus grave et menaçante d'un fléau que, par ignorance ou imprudence, l'homme lui-même semblait se plaire à seconder et à répandre toujours plus rapidement. Si l'on ne pouvait point encore légiférer contre l'insecte, il était naturel que l'on cherchât au moins à paralyser, autant que possible, les nombreux auxiliaires volontaires et clandestins ou inconscients qui décuplaient les forces de l'ennemi. Combattre une à une des erreurs généralement accréditées, démontrer l'absence de fondement d'une foule d'illusions pernicieuses, reconnaître franchement son ignorance ou sa faiblesse sur bien des points et, en même temps, dévoiler toujours plus les dangers aussi bien du commerce en grand, que du trafic ou des transports sur une petite échelle, n'était-ce pas déjà pour le Congrès une tâche à la fois difficile et des plus utiles. Il vaut cent fois mieux savoir sur qui et sur quoi l'on pourra compter, quand viendra la bataille, et retarder au-

[1] Voyez, pour ces trois discours : Actes du Congrès, p. 87-90.

tant que possible l'instant du combat, tant que l'on ne se sait pas suffisamment armé, que de se croire inattaquable ou invincible et d'attendre, dans une confiance inqualifiable, un ennemi déjà partout victorieux.

Il y a deux sortes de luttes : une bataille constante dans les régions envahies, en vue de reprendre les vignobles conquis par le parasite, et un combat de tous les jours, pour défendre pied à pied la vigne dans les contrées encore intactes. Chaque fraction de pays doit, aussi bien à ses voisins qu'à ses ressortissants, de défendre énergiquement par une surveillance incessante son territoire et ses frontières.

Le temps passé à Lausanne, en longues et laborieuses discussions, ne sera certes pas perdu, si, des diverses réponses du Congrès peuvent ressortir de bonnes directions sur les nouvelles recherches à faire et si, comme tout porte à le croire, par l'établissement d'une convention internationale sérieusement observée, pour tout ce qui tient à la surveillance et aux transports commerciaux, on arrive à retarder énormément l'extension du fléau et à gagner ainsi bien du temps, jusqu'à ce que la science ou le hasard aient fait découvrir peut-être des armes suffisantes pour écraser l'ennemi jusque dans ses derniers quartiers.

Bien qu'une grande fatigue de tous les jours fut l'inévitable conséquence de six heures de laborieuses discussions en séance plénière, d'études consciencieuses en séances particulières et, souvent encore, de travaux préparatoires ou de rapports à domicile, l'assiduité fut générale et soutenue jusqu'à la fin. La présence constante et l'activité de tous les délégués témoignait hautement de l'importance du sujet et de l'intérêt que chacun portait, à la fois comme homme de science, de pratique ou d'administration et comme représentant de son pays, à la solution des diverses questions soulevées en vue de la lutte contre le Phylloxéra.

Cependant, entre ses longues heures de travail, le Congrès a eu aussi quelques moments de repos, de villégiature et de franche gaîté ; il a profité de quelques aimables invitations et a fait à trois reprises des excursions dans les vignobles des régions avoisinantes. Des galas officiels furent offerts successivement par la Confédération suisse, par le canton de Vaud, par la ville de Lausanne, par le canton de Neuchâtel, par le canton de Genève et, enfin, par MM. les délégués étrangers. Dans une première expédition en bateau à vapeur, les membres du Congrès purent jeter un rapide coup d'œil sur les vignes en crosses du littoral de la Haute-Savoie, près d'Évian, et sur les vignobles en terrasses de la Vaud. Dans deux autres courses, en chemin de fer, à Neuchâtel et à Genève [1], le Congrès fut appelé à visiter les foyers phylloxériques de ces deux cantons et put assister quelques instants aux opérations préalables de l'arrachage qui se faisaient alors à Colombier et à Chambésy près Pregny [2].

Malgré la diversité des exigences, parfois opposées, de la science ou de

[1] Voyez les Rapports faits au Congrès par M. le professeur Targioni sur ces deux dernières visites, dans les Annexes des Actes, p. 121-123.

[2] C'est durant cette dernière excursion que j'eus l'occasion et l'honneur d'offrir, à Valavran, une modeste collation à Messieurs les Délégués des pays étrangers, en même temps qu'à quelques représentants des autorités fédérales, vaudoises et genevoises.

la viticulture et de la législation, et quoique les opinions de chacun, sur bien des questions, fussent parfois au premier abord assez divergentes, je ne crois pas que jamais Congrès international ait été à la fois plus calme dans son activité et plus continuellement aimable, soit dans les discussions, soit dans tous les rapports journaliers.

S'il est juste d'attribuer à la fermeté en même temps sympathique et pleine de tact de la présidence une bonne partie de l'heureuse et conciliante influence qui a toujours régné au sein du Congrès de Lausanne, il faut cependant accorder aussi une très-large part de cette agréable et continuelle entente à l'aimable bienveillance et à l'inaltérable courtoisie de tous les illustres représentants des différents Gouvernements.

Après avoir ensemble consciencieusement travaillé en vue d'un intérêt commun, tous les divers délégués des différents États, sans distinction ni de pays ni d'opinion, se sentaient rapprochés les uns des autres par une estime mutuelle et comme par une sympathique attraction.

Chacun, en partant, emportait le sentiment d'avoir conclu pour la vie de précieuses et profondes amitiés et l'espoir de voir les liens internationaux, dont il venait d'élaborer les bases, apporter dans la lutte générale contre le Phylloxéra de nouveaux éléments de défense et de salut.

En résumé, à la précieuse lumière projetée par les délibérations du Congrès sur plusieurs des faces de la *question phylloxérique*, il est facile de reconnaître maintenant, à la tête de l'armée ennemie, deux chefs alliés et également dangereux.

D'un côté, le *Phylloxera*, la troupe armée et dévastatrice, le véritable soldat du fléau ; de l'autre, l'*Homme*, auxiliaire aussi puissant qu'ignorant et complaisant, qui, non content de prêter ses moyens de transport, veut bien encore, jusque chez lui, servir d'éclaireur et trahir ses propres intérêts, aussi bien que ceux de ses voisins, en semant parmi les populations menacées et jusque devant les rangs de l'armée conquérante de trompeuses et fatales illusions.

On a beaucoup écrit déjà sur le Phylloxéra au point de vue de l'homme ; qu'il me soit permis, dans ce rapport, de m'attacher plus spécialement à l'étude de l'*Homme au point de vue du Phylloxéra*.

ÉTUDE DU PROGRAMME

Entrons maintenant directement dans l'étude du programme soumis à l'appréciation du Congrès et, suivant la marche de ce plan, tout en signalant chemin faisant les quelques modifications demandées par l'Assemblée dans le cours de son travail, passons rapidement en revue, soit les principales questions proposées au jugement des représentants des différents États intéressés, soit les réponses qui ont été successivement données à celles-ci, tant au point de vue scientifique qu'eu égard à la viticulture pratique et aux mesures administratives.

Ledit programme, avec quelques articles supplémentaires, comprenait environ 200 questions réparties dans douze chapitres, sous les titres suivants :

I. Origines du fléau qui ravage actuellement les vignes en divers pays.

II. Importance de la maladie et d'une lutte générale.

III. Extension du fléau par la voie du commerce.

IV. Diffusion de la maladie par les voies naturelles.

V. Époques les plus propices pour combattre le parasite destructeur.

VI. Recherche du meilleur traitement dans les diverses conditions et circonstances.

VII. Plan d'une campagne générale.

VIII. Reconstitution des vignobles trop malades ou détruits.

IX. Organisation de Commissions supérieures et de Comités locaux.

X. Législation spéciale sur les transports.

XI. Détermination, sources et usages des fonds nécessaires.

XII. Création d'une Commission internationale et d'un Bureau central.

Nous allons d'abord examiner plus ou moins les matières ou les sujets contenus dans chacun de ces chapitres ; nous verrons ensuite quelles conclusions générales peuvent ressortir, dans un but à la fois pratique et international, de la comparaison ou d'une combinaison rationnelle d'un grand nombre d'opinions ainsi sérieusement discutées et mûrement établies[1].

[1] N'ayant à parler que des travaux du Congrès, je ne pense pas devoir citer ici, à propos de chaque sujet en discussion, les nombreux travaux de tant d'hommes illustres qui, en divers pays, ont, chacun à leur manière, jeté un jour précieux sur plusieurs des questions soulevées dans l'étude du programme.

CHAPITRE I

Origines du fléau qui ravage actuellement les vignes en divers pays.

Procédant toujours par questions et réponses appuyées les unes sur les autres, le Congrès est très-vite arrivé à déclarer : *que ce n'est point à un épuisement des vignobles qu'il faut attribuer l'apparition du Phylloxera vastatrix, que les vignes saines et fortes succombent aussi bien que les vignes pauvres ou chétives et que le parasite, cause incontestable de la maladie actuelle, a été évidemment importé par le commerce de l'Amérique sur le continent européen.*

Cette question multiple et la réponse péremptoire qui y a été donnée devaient avoir leur place au premier rang dans les discussions et servir pour ainsi dire comme d'axiome ou de base dans toutes les délibérations de l'assemblée. Semblable déclaration, faite à l'unanimité par une réunion d'hommes des plus compétents des divers pays, peut avoir, en effet selon moi, les meilleurs résultats, soit en sapant par la base une foule de vaines chimères qui, dans bien des contrées, paralysent souvent les efforts les plus louables, soit en tranchant définitivement les débats stériles et parfois ridicules qui, en divers lieux, subsistaient encore sur les origines du Phylloxéra et la question de savoir si ce terrible insecte doit être réellement considéré comme *cause* ou comme *effet* de la maladie en question.

Il était bon d'ouvrir les yeux d'un grand nombre de viticulteurs qui se confient trop, hélas, sur la riche culture de leur vigne et qui ne peuvent admettre qu'un animal si petit soit capable de ruiner des vignobles d'aussi belle apparence que les leurs.

Il était nécessaire également de signaler d'emblée à la suspicion générale et à une surveillance constante tant les cépages du nouveau monde que tout plant provenant de contrées infestées, et d'ouvrir par là la porte à toutes les questions subséquentes ayant trait à la diffusion de la maladie par les voies du commerce.

Détruire des illusions fâcheuses et indiquer en même temps d'où et comment est arrivé l'insecte conquérant, n'est-ce pas, du même coup, mettre chacun sur ses gardes et montrer à toutes les contrées menacées les armes défensives dont elles doivent faire usage, pour se mettre, autant que possible, à l'abri des atteintes du fléau.

Les faits, en grand nombre, sont là, malheureusement, pour établir sans réplique, que des vignes indigènes encore jeunes, fortes, bien cultivées et richement fumées ont été aussi vite attaquées par le parasite et ont succombé tout aussi bien que d'autres de moins belle apparence, déjà souffrantes pour d'autres causes, ou moins bien cultivées, et cela dans des conditions et dans des terrains de natures très-différentes.

La triste histoire des attaques successives du Phylloxéra en divers pays est là aussi pour montrer le rôle immense qu'a malheureusement joué et que joue encore le commerce dans l'envahissement graduel de l'Europe. Qu'il me soit permis de ne pas entrer ici dans des détails superflus bien connus de tous ceux qui ont sérieusement étudié la question, et de renvoyer simplement à cet égard aux nombreux rapports qui, en divers lieux, ont successivement accumulé constatations sur constatations d'infection par apport de plants étrangers.

On sait que si le commerce des produits de la vigne avec l'Amérique n'a commencé à devenir dangereux pour l'Europe qu'à partir des années 1858 ou 1860, c'est que, au lieu de quelques boutures de vignes uniquement recherchées jusque-là, comme l'Isabelle par exemple, pour leur rapide végétation et leur luxuriante verdure, on fit venir depuis lors, en abondance et en divers pays, des plants enracinés beaucoup plus dangereux et d'espèces variées pour une plus vaste culture. Il serait facile de montrer comment, à la suite de ces premières importations de l'Amérique, en Angleterre, en Irlande, en France, en Portugal, en Hongrie, en Autriche et dans quelques pépinières d'Allemagne, le trafic, non-seulement de ces cépages exotiques, mais encore de tout plant de vigne indigène en contact avec ceux-ci, n'a cessé, d'abord sous le couvert de l'ignorance, puis faute de prévoyance, enfin par une imprudence condamnable de distribuer en tout sens cette graine de mort si peu difficile sur le choix du terrain et si terrible dans sa fécondité.

Ce ne sont plus seulement, je viens de le dire, les cépages exotiques venant directement ou indirectement de l'Amérique qui sont à redouter, mais ce sont encore tous les plants, même indigènes, qui ont crû dans le voisinage de ceux-ci et tous les produits de la vigne provenant de localités infectées ou suspectes.

En faisant abstraction des faits et ne se plaçant même qu'au point de vue purement scientifique, il semble du reste que l'on puisse tirer déjà des allures comparées du parasite sur les deux continents de très-fortes présomptions contre l'opinion du *Phylloxera vastatrix* aborigène en Europe. L'on sait, en effet, que le Phylloxéra de la vigne passe, en Amérique, dans la série de ses transformations, comme le font en Europe sur d'autres végétaux des espèces indigènes très-voisines, par un stage sur la feuille qui paraît naturel dans les mœurs de la famille et pour ainsi dire normal dans le cycle de ses évolutions ; tandis que, sur notre continent, cette station plus ou moins prolongée à l'air libre et le développement de plusieurs générations de cet hémiptère sur la végétation aérienne sont, au contraire, jusqu'ici presque complétement supprimés par les exigences des nouvelles conditions dans lesquelles l'insecte doit se développer chez nous. La galle phylloxérique, très-commune sur beaucoup de vignes américaines, est par contre très-rare sur nos vignes indigènes ; et pourtant, il est bien prouvé que le parasite est exactement de même espèce sur les deux continents.

L'origine et les principaux moyens de transport de l'insecte ne sont donc plus douteux. La maladie importée d'Amérique se répand en tous sens par les voies du commerce, et l'on aurait grand tort de croire qu'un vignoble peut être à l'abri des attaques du parasite parce qu'il offre un aspect très-florissant ou reçoit une très-riche culture.

CHAPITRE II

Importance de la maladie et d'une lutte générale.

Le but de ce second chapitre était d'abord de constater la gravité et l'importance du fléau, par quelques données statistiques sur divers pays et quelques considérations sur le côté humanitaire de la question; puis, de bien établir la nécessité absolue d'une lutte sérieuse, immédiate, soutenue et autant que possible généralisée par l'intervention des autorités et l'entente des divers gouvernements.

Des réponses un peu précises n'ayant pu être établies séance tenante pour les premières questions plus purement statistiques ou géographiques du programme, je vais essayer de combler, jusqu'à un certain point, cette lacune, par l'exposé de quelques données sommaires qui m'ont été fournies, soit durant le Congrès, soit, depuis celui-ci, par plusieurs de Messieurs les délégués étrangers, ainsi que par des cartes phylloxériques que j'ai établies pour les divers États rangés ici par ordre alphabétique.

ALLEMAGNE [1] : avec une surface de 542,834 kilomètres carrés et 42,400,000 habitants environ, l'Empire d'Allemagne compterait à peu près 150,000 hectares de vigne qui, à raison de 17 à 18 hectolitres par hectare en moyenne, produiraient annuellement 2,600,000 hectolitres de vin, et un revenu approximatif de 130,000,000 francs [2].

La vigne occuperait donc environ 1/362 de la surface territoriale dans ce grand pays, et le chiffre relativement très-supérieur du revenu annuel résulterait surtout de la valeur vénale très-élevée de quelques-uns des vins allemands.

Les moyennes générales sont ici fortement influencées par les extrêmes très-distants de production et de prix de vente en différentes contrées. En effet, une production de 17 à 18 hectolitres par hectare, calculée sur

---

[1] Je saisis avec plaisir l'occasion de remercier ici les trois délégués de l'Allemagne, M. le Conseiller intime Weymann, M. le Professeur Noerdlinger et M. le Dr Buhl, des renseignements et des données, tant statistiques que géographiques, qu'ils ont bien voulu me fournir.

[2] Le *Moniteur vinicole* de janvier 1878 attribue à l'Allemagne une production de 6,501,000 hectolitres, au moins double de celle qui m'a été signalée. Peut-être cette différence repose-t-elle sur une confusion, d'un côté ou de l'autre, de l'eimer avec l'hectolitre ou vice versâ. En effet, si l'on compte sur une surface de 150,000 hectares produisant en moyenne élevée jusqu'à 24 hectolitres, comme dans la majorité des pays viticoles, on arrive seulement à un total de production légèrement plus élevé que la moitié du chiffre donné par le journal français, et il semble peu probable que la vigne en Allemagne rende deux fois plus que partout ailleurs, que dans la France par exemple.

le rendement total, peut paraître pour l'Allemagne une estimation très-inférieure, si l'on ne tient compte que de certains pays, la Bavière entre autres [1], qui accusent une moyenne notablement supérieure. De même, le prix moyen de 50 francs l'hectolitre, résultant des données ci-dessus, peut sembler exagérément élevé, pour bien des contrées viticoles, tandis qu'il est au contraire ridiculement inférieur pour quelques autres, les vignobles du Rhin, par exemple [2].

Trouvé d'abord, en 1874, sur des cépages américains importés quelques années auparavant dans une pépinière près de Bonn (à Annaberg), le Phylloxéra n'a pas tardé à être également reconnu dans plusieurs autres établissements du même genre, en divers lieux et toujours sur des plants américains ou au moins étrangers qui l'avaient apporté avec eux.

Des lois furent faites alors, en Allemagne, soit pour arrêter le commerce des produits de la vigne, soit pour ordonner, suivant les cas, l'arrachage ou des opérations curatives dans les diverses localités infectées. Ces sages mesures, par les perquisitions qu'elles suscitèrent, firent faire bientôt encore de nouvelles découvertes : si bien qu'en 1877 la présence du parasite était constatée sur 19 points, pour la plupart très-distants les uns des autres et en grande majorité dans des pépinières ou des jardins.

Heureusement, jusqu'ici, la maladie, en Allemagne, est confinée dans des espaces relativement très-restreints et, à l'exception du Wurtemberg [3], les grands vignobles ne sont point encore menacés.

Il serait de médiocre importance et très-difficile en même temps de fixer maintenant par des chiffres, soit la surface encore si réduite occupée par le Phylloxéra dans l'Empire d'Allemagne, soit la diminution assez minime apportée jusqu'ici par le parasite dans le rendement annuel des vignobles de ce pays. Toutefois, le nombre même et la dispersion des petits foyers allemands, pour la plupart dans des établissements viticoles centres de commerce, ne laissent pas que de constituer pour l'Europe un danger très-sérieux.

En effet, de même que les grapperies d'Angleterre et d'Irlande, infectées par des cépages américains, ont servi à infecter à leur tour, par l'intermédiaire d'autres serres, bien des localités (Genève entre autres); ainsi, plusieurs des pépinières d'Allemagne, maintenant phylloxérées, peuvent devenir pour d'autres contrées, par le trafic, des causes con-

---

[1] La Bavière accuse une surface de 24,000 hectares de vignes produisant, en moyenne et annuellement, chacun 33 hectolitres de moût, ce qui, avec un déchet de 25 %, donne une moyenne de 24 3/4 hectolitres de vin par hectare.

[2] On sait que certains vignobles du Rhin donnent au plus 14 à 15 hectolitres de vin, mais que, dans quelques crus supérieurs, l'hectolitre peut valoir au delà même de 2000 francs.

[3] Le *Wurtemberg* compte environ 23,610 hectares de vignes qui, calculés pour la production et le rendement annuels sur une moyenne de 50 années, donneraient chacun 23 1/2 hectolitres de vin d'une valeur approximative de 24 fr. 45 centimes. Cette superficie de vigne, dans ce seul pays menacé de l'empire d'Allemagne, produirait donc, en moyenne et chaque année, 554,835 hectolitres représentant un revenu de 13,565,715 francs.

stantes de menace et de péril. Je pourrais citer à l'appui de mon dire l'infection plus ou moins récente de bien des localités en divers pays (Neuchâtel en particulier), qui doivent à des envois de pépinières étrangères l'apport chez elles du terrible parasite. Qu'il me suffise de rappeler ici le cas des jardins d'Erfurt dont il est bien prouvé qu'ils ont été la cause de diverses attaques phylloxériques, soit autour d'eux, comme à *Gotha* et *Arlesberg* par exemple, soit à grandes distances, à Orléans en France, entre autres, ainsi que plus récemment à Rauschwitz près Liegnitz en Silésie, et à l'école viticole de Plantières près Metz en Lorraine.

A *Carlsruhe* et à *Vernigerode* (en jardins privés) dans le Harz, l'insecte a aussi été apporté par des plants exotiques. Il est probable qu'il en est de même pour *Cobourg* et *Ahorn* sur lesquels je n'ai pas de renseignements particuliers. Dans les environs de *Stuttgart*, quelques foyers phylloxériques plus étendus se trouvent dans de véritables vignobles. On m'écrit que l'attaque de *Neu-Schöneberg*, près Potsdam, n'a jamais été bien prouvée. Je ne sais également pas parfaitement ce qu'il en est de *Neuwied* qui m'a été tout dernièrement signalé.

Enfin, je crois rendre également service aux divers États signataires de la convention de Lausanne et à l'Allemagne elle-même, en signalant ici à l'attention et à la suspicion générale, tous ceux des foyers phylloxériques allemands dont j'ai pu savoir, avec certitude, qu'ils sont des établissements viticoles, écoles, jardins ou pépinières, susceptibles de menacer d'autres contrées par leurs envois.

En renvoyant à la carte phylloxérique d'Allemagne, que je donne plus loin, je citerai donc tout spécialement et autant que possible par ordre de dates de constatations révélant des apports plus anciens : *Annaberg*, pépinière près Bonn (1874); *Erfurt*, trois jardins destinés au commerce (1874-76); *Klein-Flottbeck* et *Bergedorf* près Hambourg (1876), le premier école viticole, le second jardin pour le commerce; *Proskau* près Oppeln en Silésie (1876), institut œnologique; *Bollweiler* en Alsace, école viticole (1876); *Plantières* près Metz en Lorraine (1877), école viticole, et *Rauschwitz* près Liegnitz en Silésie (1877), jardins et pépinières.

(Voyez, sous le n° I, la *Carte phylloxérique d'Allemagne* pour 1877 [1].)

Erfurt enregistré sur la carte sous la date de 1876 à cause des dernières constatations, aurait dû, avec plus de raison, porter les dates de 1874-76. *Neuwied* est contesté [2].

L'AUTRICHE et la HONGRIE ensemble, avec une superficie totale de 624,044 kilomètres carrés et une population de 37,350,000 âmes, posséderaient environ 635,827 hectares de vignes. Cette étendue viticole, qui

---

[1] Je prie M. le Dʳ A. Blankenhorn, président de la Société Œnologique d'Allemagne, de recevoir mes remercîments pour la complaisance avec laquelle il a bien voulu me fournir certaines données statistiques et des renseignements nécessaires à l'établissement de cette carte.

[2] Je reçois, pendant la correction de cette feuille, une lettre suivant laquelle *Neuwied* ne serait pas réellement attaqué.

représente 1/98 de la surface totale des deux pays réunis, produirait à peu près 12,198,780 hectolitres de vin et donnerait annuellement un revenu de 313,428,400 francs [1].

L'Autriche, sans la Hongrie, avec une superficie de 300,190 kilomètres carrés, compterait à peu près 210,513 hectares de vignes, soit 1/142 de sa surface totale, produisant environ 3,692,500 hectolitres de vin et rendant 58,240,000 francs par année. La valeur moyenne de l'hectolitre calculée sur ces chiffres serait donc réduite à près de 16 francs, bien que le prix de cette mesure puisse, dans certaines provinces, s'élever jusqu'à 30 ou 40 francs, dans la Basse-Autriche ou la Bohême, par exemple [2].

Découvert en 1872, dans le jardin de l'École œnologique de *Kloster-neubourg* près Vienne, presque en même temps sur des pieds de vigne américaine importés en 1868 et sur quelques plantes de Clävner (Pineaux), dans le voisinage immédiat de ceux-ci, le Phylloxéra se répandit peu à peu dans les vignes y attenantes et fut même transporté un peu au delà du côté du sud-est, dans les vignobles de *Nussdorf*.

Des mesures énergiques et des arrachages répétés ne suffirent pas à détruire partout le terrible parasite, si bien que le mal gagna dans l'espace de cinq années et occupe maintenant une surface d'environ 40 hectares, tout autour de ses premiers foyers. Des entraves mises au commerce de la vigne, par des lois *ad hoc*, et une constante surveillance sont seules capables aujourd'hui, semble-t-il, de ralentir l'extension croissante du fléau qui menace, de ce point, bien des vignobles de la Basse-Autriche.

La diminution apportée jusqu'ici par le Phylloxéra dans le rendement annuel des vignobles de l'Autriche est assez difficile à établir ; peut-être pourrait-on l'estimer approximativement de 22 à 26,000 francs, en calculant sur les chiffres précités.

(Voyez plus loin, sous le n° II, la *Carte phylloxérique de l'Empire Austro-Hongrois*, pour 1877.)

La Hongrie seule, avec une superficie de 323,853 kilomètres carrés, porterait environ 425,314 hectares de vignes, soit 1/76 de sa surface en vignobles, et produirait en moyenne 8,506,280 hectolitres de vin, rendant annuellement à peu près 255,188,400 francs. La valeur moyenne de l'hectolitre calculée sur ces chiffres arriverait au prix de 30 francs, en apparence un peu élevé pour plusieurs des vins de ce pays.

Reconnu en 1875 à *Pancsova*, près de la frontière serbe et non loin de Belgrade, alors qu'il occupait déjà une surface de 35 hectares, le Phylloxéra gagna assez rapidement du terrain dans cette contrée orientale,

[1] Le *Moniteur vinicole* de janvier 1878 donne ici, comme pour l'Allemagne, des chiffres bien supérieurs aux miens, soit, pour l'Austro-Hongrie, 22,640,000 hectolitres, total impossible à faire cadrer avec les chiffres qui m'ont été fournis par les délégués officiels de ces deux pays.

[2] Je prie M. le Chevalier de Hamm, Conseiller aulique au Ministère I. R. d'agriculture, d'agréer mes sincères remerciments pour les quelques notes qu'il m'a aimablement fournies.

pour doubler et plus l'étendue de ses conquêtes en deux ans, et occuper
déjà, en 1877, au moins 82 hectares de vignobles, tout autour de ses premiers foyers. Là encore le parasite a été apporté par des plants de vigne
qu'un vigneron de Pancsova avait, à diverses reprises et jusqu'en 1870,
fait clandestinement venir d'Amérique. L'arrachage de 59 hectares infectés en 1876 ne suffit pas à arrêter le fléau, probablement par le fait de
la présence alors méconnue de nouvelles taches en dehors de l'espace
condamné. Le Gouvernement hongrois, en face de frais énormes et toujours croissants, dut bientôt, faute d'un remède efficace, promulguer à
son tour des lois contre le commerce des produits de la vigne et chercher, par le séquestre des vignobles malades, à isoler autant que possible
le mal dans ses quartiers connus [1].

Le parasite est heureusement jusqu'ici confiné à Pancsova dans des
vignobles de petite valeur ; aussi la diminution dans le revenu annuel est-
elle par le fait d'assez minime importance, tout au plus peut-être un peu
supérieure à celle subie par l'Autriche.

D'un côté les vignobles des contrées de Presbourg et du lac de Neu-
siedl en Hongrie, bien préférables à ceux jusqu'ici attaqués, sont maintenant menacés par les foyers phylloxériques de la Basse-Autriche ; de
l'autre Pancsova lui-même, très-près de la frontière, nous l'avons dit,
menace à son tour les vignobles voisins de la Servie.

(Voyez, plus loin, sous le n° II, la *Carte phylloxérique de l'Empire
Austro-Hongrois*, pour 1877.)

L'ESPAGNE, avec une superficie de 507,036 kilomètres carrés et une
population de 16,835,500 habitants, compte près de 1,400,000 hectares
de vignes, soit environ 1/36 de sa surface territoriale. Le rapport annuel
de la vigne dans ce pays peut être estimé approximativement à 740,000,000
francs. Toutefois, il est difficile de déduire des chiffres comparés de surface et de rapport des données très-exactes sur la production totale en
hectolitres et la valeur moyenne de ce dernier. En effet, l'Espagne, comme
on le sait, à côté des raisins frais qu'elle consomme en abondance à l'intérieur, exporte chaque année une très-grande quantité de raisins secs en
divers pays. D'après des données récentes, la production des vins naturels en Espagne s'élèverait à 30,000,000 d'hectolitres [2] environ, et l'exportation des raisins à 37,810,357 kilogrammes d'une valeur de 24,939,869
francs à peu près. Dans certaines régions viticoles, le vin produit est
si abondant et en même temps de si pauvre qualité qu'on s'en sert parfois comme de l'eau pour divers usages ; dans d'autres, au contraire, il
prend une telle valeur qu'il peut coûter au delà même de 400 francs
l'hectolitre [3].

---

[1] Je prie M. G. Emich d'Emöcke, délégué de la Hongrie, d'agréer l'expression de
ma gratitude pour les renseignements circonstanciés qu'il a bien voulu me communiquer lors du Congrès.

[2] Selon le *Moniteur vinicole*, de janvier 1878, 20,000,000 seulement.

[3] Je prie M. le professeur de Graëlls, délégué d'Espagne, d'agréer mes remercîments pour les notes statistiques très-circonstanciées qu'il a bien voulu me communiquer.

L'Espagne, grâce à ses lois restrictives contre l'importation et à une active surveillance, paraît encore complétement intacte. Le Phylloxéra n'y a été signalé jusqu'ici nulle part ; mais les vignobles des provinces de la Vieille Castille et de Pontevedra paraissent sérieusement menacés par les vignes infectées du Douro en Portugal.

La FRANCE, avec une surface territoriale de 528,576 kilomètres carrés et une population d'environ 36,500,000 âmes, comptait, en 1869, 2,441,246 hectares de vignes.

Quoique plus du quart de cette immense surface viticole ait été ravagé par la maladie, dans les sept années qui ont suivi, la France n'en comptait pas moins encore 2,431,200 hectares de vigne, en 1876, grâce à la compensation apportée, soit par la récente création de nombreux vignobles dans les départements indemnes, soit par d'importantes replantations dans les départements phylloxérés.

C'est donc 1/22 de la surface totale du pays qui, en France, est consacré à la culture de la vigne, et la production annuelle de cette fraction du territoire, calculée sur la moyenne des dix dernières années, s'élèverait au maximum à 61,000,000 d'hectolitres de vin, représentant un revenu annuel d'environ 1,200,000,000 de francs.

Selon ces chiffres qui m'ont été aimablement fournis, lors du Congrès, par M. Halna du Frétay, inspecteur général de l'agriculture, l'hectare serait censé rapporter en moyenne, jusqu'à 25 hectolitres, et ce dernier valoir en général au plus 20 francs.

D'après des données plus récentes, la production moyenne de l'hectare atteignant au plus à 24 hectolitres (23 hectolitres, 93 litres), le rendement total de la France se trouverait sensiblement inférieur aux chiffres ci-dessus, que je relate cependant ici comme appuyés par bien des détails que je ne saurais remplacer maintenant, faute de nouveaux renseignements sur plusieurs points.

Le *Moniteur vinicole* de janvier 1878, d'après des données ministérielles, attribue à la France un rendement total, pour les 15 dernières années, de 55,811,527 hectolitres ; la production aurait été de 56,388,009 pour les dix, et de 56,160,049 pour les cinq dernières années.

Nous verrons, plus loin, qu'il ne faut pas se baser sur la quasi égalité de ces chiffres du rendement total, pour estimer l'importance de la maladie ; en effet, beaucoup de nouveaux vignobles ayant été plantés, nous l'avons dit, depuis l'apparition du fléau, dans les départements indemnes, la production actuelle, au lieu d'être à peu près la même, devrait être au contraire énormément plus élevée.

Bien qu'une maladie inexplicable de la vigne eût été signalée, dès 1863, à *Pugault* dans le département du Gard, et que, déjà en 1867, ce mal toujours plus envahissant eût pris dans les Bouches-du-Rhône des proportions très-alarmantes, ce ne fut cependant qu'en 1868 que le terrible insecte, cause de ces premiers ravages, fut reconnu dans les vignes atteintes de ces parties du midi de la France, par le professeur Planchon. Très-vite après, la même année, semblable pénible découverte était faite aussi à l'ouest, près de Bordeaux, sur des vignes américaines qui d'abord avaient infecté les vignes de la commune de *Floirac*, en apparence malade depuis 1865, et qui, comme dans le Gard, ainsi qu'on le reconnut bientôt, avaient apporté avec elles le fléau du Nouveau Monde.

Découvert seulement alors qu'il était déjà parfaitement et largement établi, le parasite ne tarda pas à signaler bientôt sa présence sur un grand nombre de points nouveaux. Il fit si bien, avant que l'on ait pu trouver des armes pour la défense, que, soit par colonisations naturelles, soit surtout par les voies commerciales, il étendait en peu d'années ses conquêtes et sa domination sur une immense proportion des vignobles, jusqu'à de grandes distances, tout autour de ses deux premiers foyers.

Le fléau, qui rencontrait dans ces contrées méridionales des conditions très-favorables à son développement, marcha de fait avec une telle rapidité que, naissant en 1863 dans le Gard, il avait déjà atteint, en 1877, 653,961 hectares de vignes, dans divers départements du sud et du sud-ouest principalement.

Chacun sait quels énergiques efforts ont été faits pour lutter contre l'insecte et l'envahissement. Je ne veux pas ici parler de tous les procédés curatifs et préventifs qui ont été successivement préconisés, puis rejetés. L'arrachage, la submersion et les toxiques variés n'ont pas suffi, on le sait, à détruire jusqu'ici l'ennemi. Faute d'armes suffisantes et d'ensemble dans la lutte, l'incendie, atténué pour quelques instants sur un point disputé, reparaissait toujours et parfois avec plus de force encore dans d'autres localités où on était loin de l'attendre. Il n'y a que dix départements en France qui ne portent pas de vigne [1], et, sur 68 départements qui possèdent plus de 1000 hectares de vigne, 31 étaient déjà envahis et plus ou mois ruinés par le Phylloxera en 1877 [2]. La maladie a détruit actuellement 288,608 hectares de vignes; 365,353 autres qui sont atteints n'ont pas encore succombé [3]. Généralement on compte environ 700,000 hectares, y compris les vignobles immédiatement menacés, soit plus du quart de la surface viticole [4].

La vigne, dans les départements phylloxérés, couvrait, avant la maladie, une étendue de 1,516,000 hectares; les vignobles debout représentent maintenant, dans ces mêmes départements, une surface de 1,315,000 hectares. La diminution ou la différence entre ces deux chiffres étant de 201,000 hectares, tandis que le total des vignobles détruits s'élève,

---

[1] La *Creuse*, isolée au centre; du côté du Nord, le *Finistère*, les *Côtes-du-Nord*, la *Manche*, le *Calvados*, l'*Orne*, la *Seine-Inférieure*, la *Somme*, le *Pas-de-Calais* et le *Nord*.

[2] Tout récemment, on vient de découvrir le Phylloxéra dans le département de la Haute-Garonne, dans une pépinière de Toulouse. On sait également que, depuis Orléans infecté par apport d'Erfurt, le mal a déjà commencé à se répandre dans le *Loire-et-Cher* et le *Loiret*.

[3] *L'Officiel* du 11 février 1878 dit 250,000.

[4] Les appréciations sont sur ce point assez différentes. Dans un rapport du 27 novembre 1877, M. Millot estime, par exemple, qu'en Saône-et-Loire seulement, dans un triangle compris entre Tournus, Curtil et Vérizet, il y a actuellement 14,000 hectares attaqués ou immédiatement menacés.

comme nous l'avons dit, à 288,608 hectares, il est facile d'en conclure que l'on a replanté 87,608 hectares de vigne dans les départements envahis [1], sans parler des nombreux vignobles nouveaux qui ont été établis, durant ces dernières années, dans d'autres départements intacts.

Il est difficile de calculer d'une manière exacte la diminution que le Phylloxéra a pu amener directement ou indirectement dans les revenus divers prélevés annuellement sur la vigne et le commerce des vins en France. Quand il s'agit de surfaces et de quantités aussi considérables, les pertes indirectes occasionnées par la maladie peuvent être de tant de natures qu'il est difficile d'en apprécier la valeur.

Il n'est guère plus aisé d'établir la réduction apportée annuellement dans le revenu tiré directement de la vigne. En effet, grâce à ce que, pour compenser les ravages de la maladie, de grands vignobles ont été établis en divers lieux, qui n'existeraient peut-être pas sans le Phylloxéra, le chiffre total de la surface cultivée en vigne n'a de fait baissé que de 10,046 hectares, de 1869 à 1876.

Si, abstraction faite des frais des récents établissements, on ne calcule la diminution que sur cette dernière différence, on trouve une réduction relativement minime de 5,023,000 francs au plus. Si, au contraire, en supposant que l'on eût planté tout autant de vignes nouvelles sans le Phylloxéra, on calcule sur le nombre d'hectares détruits ou malades, on arrive à des sommes beaucoup plus élevées. 288,608 hectares détruits, en grande partie dans des vignobles de qualité inférieure dont le vin peut être en moyenne estimé à 14 francs l'hectolitre, représenteraient une réduction de revenu de 101,012,800 francs ; 365,353 autres attaqués, estimés à la même valeur et calculés très-hypothétiquement à demi-récolte, donneraient une perte de 63,936,768 francs ; total 164,949,568 fr.

Selon le prof. Mouillefert (Le Phylloxéra, etc., 1877), trois des départements les plus ravagés du midi auraient supporté, en 1876, dans leur rendement annuel moyen, des différences en moins de : pour *Vaucluse* (autrefois 450,000 hectolitres, en 1876, 49,000) diff. 401,000 hectolitres ; pour le *Gard* (1,900,000 — 241,200) diff. 1,658,800 ; pour l'*Hérault* (15,000,000 — 9,000,000) diff. 6,000,000.

Le même auteur, comptant sur 200,000 hectares seulement de vignes entièrement détruites en France, estime que le rendement, par le fait de celles-ci, a pu baisser de 5 à 6 millions (environ 5,500,000) hectolitres au moins. En chiffrant au prix de 14 fr., j'obtiens une somme de 77,000,000 francs qui semble cadrer assez bien, pour sa part, avec les derniers calculs que j'ai faits sur les données un peu plus élevées qui m'avaient été fournies.

Il y a eu, nous l'avons vu, deux principaux foyers phylloxériques en France, qui, plus ou moins rapidement, ont envahi d'un côté le *midi*, de l'autre, vers le sud-ouest, les vignobles tout autour de *Libourne* et de *Cognac*.

La grande armée dévastatrice partie des environs d'Avignon, bientôt

---

[1] Je prie M. Halna du Frétay, Inspecteur général de l'agriculture en France, de bien vouloir agréer mes sincères remercîments pour les précieuses données statistiques et géographiques qu'il a bien voulu me fournir.

arrêtée par la mer au sud et maintenue sur ses flancs par les Alpes et les Cévennes, ne tarda pas à monter rapidement vers le nord, dans la vallée du Rhône d'abord, puis aussi dans quelques-uns des embranchements de celle-ci. Les excellentes cartes, publiées par le prof. Duclaux, nous permettent de suivre pas à pas la marche de l'ennemi dans les vignobles français. En 1875, le fléau avait déjà de beaucoup dépassé la ville de Lyon et, en suivant la Saône, sévissait déjà dans le Mancey au delà de Mâcon. En 1876, remontant l'Isère, il approchait de Vinay, en même temps qu'il était reconnu dans l'Ain, au Bugey sur le Rhône, et étendait toujours plus ses ravages du côté de Chalon dans la Saône-et-Loire.

Maintenant, en 1877, le Midi est de plus en plus ravagé, l'*Aude* est attaquée, les Cévennes même ont été dépassées et l'*Aveyron*, ainsi que la *Lozère*, commencent aussi à souffrir du fléau. La maladie s'étend toujours plus rapidement, bien loin au nord de ces foyers méridionaux, soit autour de *Villié-Morgon* et du *Mancey*, soit vers *Grenoble*, à Bourgoin, à Cessieux et à Crémieux, soit encore dans l'Ain, près de *Culoz*, menaçant la Suisse, et déjà dans les vignes de Luirieu, près Béon.

Je n'ai pas l'intention de signaler ici tous les nouveaux points d'attaque en France; cependant, je dois dire encore que, du côté de l'ouest, le Phylloxéra a maintenant dépassé, vers le nord, *Manze* et *Melle*, dans la Charente-Inférieure et les Deux-Sèvres, tandis que, à l'est de Bordeaux et au Sud, il a été reconnu, soit notablement au delà de *Cahors*, soit au dessous de *Moissac* et tout dernièrement jusqu'à *Toulouse* dans une pépinière. Il est connu qu'*Orléans*, infecté par des apports d'Erfurt, constitue maintenant en France le foyer le plus septentrional, heureusement encore isolé et peu étendu.

Enfin, on sait que la Corse, à *Corte* et *Ajaccio*, est, depuis quelques années, infectée par des cépages provenant du Midi de la France et que les vignes maintenant phylloxérées des environs de Nice, jusqu'à *Drappo*, menacent de très-près les vignobles de Ligurie en Italie.

La plupart des grands crus, en France, sont actuellement, ou sérieusement compromis, ou gravement menacés. D'un côté, c'est le Bordelais, et en particulier le Médoc, qui souffrent depuis quelques années, de l'autre ce sont l'Hermitage ravagé, le Beaujolais et le Mâconnais très-souffrants et enfin la Bourgogne grandement en péril.

L'immensité du champ occupé par le Phylloxéra en France et l'extension toujours croissante de la terrible maladie, menacent l'Europe, non-seulement de la priver des vins les plus précieux, mais encore, si l'on ne parvient à imposer une barrière au fléau, d'un envahissement général et d'une destruction plus ou moins rapide de toutes les vignes en divers pays.

(Voyez plus loin, sous le n° III, la *Carte phylloxérique de France*, pour 1877 [1].)

L'ITALIE, avec une superficie de 296,322 kilomètres carrés et une po-

---

[1] M. Duclaux a présenté dernièrement à l'Académie une carte phylloxérique de France que je n'ai malheureusement pas pu me procurer à temps.

pulation de 27,500,000 habitants, compte à peu près 1,870,109 hectares de vignes. Cette fraction, de plus de 1/16 de la surface totale du pays, produit annuellement en moyenne 27,136,554 hectolitres de vin [1] qui, calculés au prix moyen de 25 francs l'hectolitre, représenteraient un revenu annuel de 678,413,850 francs [2].

Grâce à une active surveillance et à la stricte exécution de lois sévères contre l'importation de toute espèce de végétal suspect ou provenant de localités contaminées, l'Italie paraît avoir réussi jusqu'ici à se préserver du fléau qui, tout près d'elle, a dévasté et ravage encore la plus grande partie du Midi de la France.

L'Italie est toutefois assez sérieusement menacée, soit par la *Corse* dans laquelle le Phylloxéra a été importé, dès 1869, avec des plants français, soit surtout, du côté de la Ligurie, par l'extension toujours croissante des foyers phylloxériques qui, depuis l'embouchure du Var, suivent le littoral et après avoir, il y a deux ans déjà, atteint Cimiès au-dessus de Nice, sont maintenant à Falicone et même au delà, à *Drappo*, à 20 kilomètres environ de la frontière.

(Voyez plus loin, sous le n° IV, la *Carte de la distribution proportionnelle de la vigne en Italie*, avec les points menaçants de France, en Corse et près de Nice, pour 1877.)

Le PORTUGAL représente, dans la péninsule ibérique, une superficie de 89,625 kilomètres carrés, avec une population de 4,298,880 habitants, et environ 200,000 hectares de vignes [3]. Cette fraction de 1/45 de la surface territoriale cultivée en vignes rapporterait annuellement 3,720,000 hectolitres de vin [4] et approximativement 100,000,000 de francs de revenu, ce qui porterait la valeur moyenne de l'hectolitre de vin dans ce pays à 27 francs à peu près [5].

[1] Le *Moniteur vinicole* (Paris, janvier 1878) donne 31,500,000 hectolitres.

[2] Je prie M. le Commandeur Miraglia, directeur supérieur de l'agriculture, d'agréer mes remercîments pour les précieux documents qu'il a bien voulu me fournir.

Le prix moyen de l'hectolitre, fixé à 25 francs par M. le Directeur supérieur de l'agriculture, range l'Italie au troisième rang, après la France et l'Espagne, pour ce qui est du revenu annuel. D'après les données statistiques de l'ouvrage de M. Pozzy, professeur à l'Institut industriel de Turin, sur le rendement des diverses provinces viticoles de l'Italie, le prix moyen de l'hectolitre dans ce pays serait de 35 fr. 13 c., ce qui, calculé avec la production de l'année 1876, s'élevant à 28,879,900 hectolitres, donnerait un revenu annuel, bien supérieur, de 1,014,700,000 fr. Avec ce nouveau compte, que je ne puis considérer comme officiel, l'Italie devrait être rangée au second rang et tout près de la France, au point de vue du rendement en francs.

[3] On m'écrit que ces chiffres sont peut-être un peu au-dessous de la réalité, par le fait qu'on aurait planté, dans ces dernières années, passablement de nouvelles vignes en Portugal.

[4] Le *Moniteur vinicole* (Paris, janvier 1878) donne à ce pays une production de 5,000,000 d'hectolitres.

[5] Je prie M. le professeur Manoël Paulino de Oliveira de bien vouloir agréer l'expression de ma reconnaissance pour les données statistiques qu'il m'a aimablement fournies lors du Congrès.

Il paraîtrait que c'est par l'introduction de cépages américains dans la paroisse de Gouvinhas en Douro, en 1863 ou 1864, que le Phylloxéra est arrivé dans le Portugal.

En effet, peu d'années après cette importation, la maladie occasionnée par ce parasite commençait à miner déjà quelques parties des vignobles de l'Alto-Douro, sur les rives du fleuve de ce nom. Relativement à ce qui se faisait alors en France, on ne fit que peu de chose en Portugal pour lutter contre le fléau qui, toujours plus, envahissait la vallée du Douro. Cependant, c'est cette belle vallée, chacun le sait, qui fournit à l'Europe les vins excellents et si justement appréciés qui en se chargeant à Porto prennent le nom de ce port océanique.

Maintenant 3000 hectares de vignes au moins sont attaqués et en partie détruits par la maladie; entre Villa-Real, Lamego et St-Jao da Pesqueira. L'*Alto-Douro*, qui fournit les vins de première qualité et qui tient le milieu entre le Douro supérieur du côté de l'Espagne et le Douro inférieur du côté d'Oporto, est sur bien des points complétement ravagé; quelques vignobles du *Douro inférieur* sont même déjà assez gravement atteints. Le chiffre de 3000 hectares malades qui constitue près de 1/66 de la surface totale des vignes en Portugal, peut paraître élevé; toutefois, il est en réalité minime, eu égard à l'étendue des pertes de la France, attaquée depuis la même époque et dans laquelle le Phylloxéra s'est déjà répandu sur 1/4 au moins de la surface viticole. En comparant à cet égard l'abandon relatif dans lequel les vignes malades ont été laissées dans le Portugal à l'agitation fiévreuse et parfois imprudente qui a très-vite entouré les foyers du mal dans d'autres pays, il est difficile de ne pas se demander si, bien souvent, des facilités d'accès et de transports, beaucoup plus grandes que celles offertes par le Douro, n'ont pas pour beaucoup contribué à une diffusion plus rapide du fléau.ǀ

D'après une publication officielle de 1874, intitulée *Breve noticia da Viticultura Portugueza* (Brève notice sur la Viticulture portugaise), le Douro, qui fournit à l'Europe l'excellent vin de Porto, donnerait annuellement environ 400,000 hectolitres de vin, soit 80,000 pipes ou tonneaux de 500 litres répartis, comme suit, dans trois qualités et diverses parties de la vallée :

100,000 hectolitres (20,000 tonneaux) de vin de première qualité valant, nouveau, 277 francs la pièce de 500 litres et croissant surtout dans l'*Alto-Douro* et le *Douro-superior;*

150,000 hectolitres (30,000 tonneaux) de vin de seconde qualité valant, nouveau, 194 francs la pièce de 500 litres et croissant en plus grande partie dans le *Douro-inférior;*

Enfin, 150,000 hectolitres (30,000 tonneaux) de vin de troisième qualité valant, nouveau, 111 francs la pièce de 500 litres et croissant surtout dans les terrains élevés ou les plus éloignés du fleuve.

Si l'on compte ainsi un revenu annuel de 5,540,000 francs pour la première qualité, de 5,820,000 pour la seconde et de 3,330,000 pour la troisième, on aura, comme total de revenu annuel des vignes dans le Douro, une somme de 14,690,000 francs.

D'après les données qui m'ont été fournies, lors du Congrès, par le prof. de Oliveira, la diminution de production en Douro, dans ces dernières années, s'élèverait à peu près à 30,000 hectolitres, et les vins de l'Alto-Douro, pour la plupart de première qualité, valant en moyenne 50 francs l'hectolitre, on pourrait calculer approximativement la réduction annuelle du revenu à 1,500,000 francs, soit à près de 1/10 du rendement total de la vallée.

Ce chiffre peut paraître déjà passablement élevé; cependant, tout récemment, j'ai reçu de M. José-Luis de Barros e Cunha, de Lisbonne, une intéressante brochure sur une visite qu'il fit, au mois de juin dernier, dans les vignes malades du Douro, et, selon les évaluations récentes de cette notice, les dommages causés par la maladie seraient maintenant bien supérieurs à ceux que j'ai relatés ci-dessus, d'après des données plus anciennes. Le rendement des vignes de première qualité aurait diminué de 25 %, et celui des vins de seconde qualité de 5 % environ.

En calculant sur ces dernières appréciations, avec les données de la publication officielle de 1874 citées plus haut, on trouve de fait une diminution annuelle de 1,676,000 francs, très-voisine de celle accusée par le prof. de Oliveira. Mais, il paraîtrait qu'il faut grossir sensiblement ces chiffres, soit quant à l'importance de la maladie, soit quant au rendement toujours moindre des parties contaminées.

M. de Barros e Cunha estime qu'en somme la province du Douro perd, dans diverses parties de ses vignobles, un intérêt annuel de 600,000,000 réis, ce qui, chiffré à la valeur de 5 fr. 50 la pièce de 1000 réis, donnerait par conséquent une perte à peu près double, soit de 3,300,000 francs, ou au moins 22 centièmes du rendement total de la vallée.

Les vignobles de la vallée du Douro, maintenant très-sérieusement compromis, menacent naturellement les provinces viticoles voisines de l'Espagne.

(Voyez plus loin, sous le n° V, la *Carte phylloxérique du Portugal, avec l'Espagne*, pour 1877 [1].)

La SUISSE, avec une superficie de 41,400 kilomètres carrés et une population d'environ 2,700,000 âmes, compte à peu près 34,600 hectares [2] de vignes qui, calculés en moyenne élevée à 35 hectolitres par hectare

---

[1] Au moment de mettre sous presse, je reçois un fragment d'un récent numéro d'une gazette portugaise qui annonce que les vignobles de l'*Ile de Madère* souffrent maintenant beaucoup du Phylloxéra; que, par exemple, dans la seule commune dite *Camara de Lobos*, la récolte, qui était en 1871 de 8,000 pipes, n'a plus été, en 1877, que de 800, et que c'est probablement tout au plus si on en tirera 100 pipes dans la prochaine année. N'ayant pas de plus amples renseignements, je donne telle quelle cette nouvelle, sans pouvoir ajouter d'appréciations particulières sur la *nature* et l'importance de la maladie de la vigne dans cette île des côtes africaines.

[2] La dernière *statistique fédérale*, établie en 1877, accuse une surface cultivée en vignes de 30,500 hectares seulement; mais ce chiffre, inférieur à celui que j'ai obtenu par des renseignements particuliers, me paraît devoir être resté un peu en dessous de la vérité, d'un côté à cause de l'impôt, par le fait même de son caractère officiel, de l'autre parce que l'on a fait usage de données déjà anciennes pour certains cantons dans lesquels on a planté passablement de vignes dans ces dernières années.

L'ouvrage de *Kohler* (Der Weinstock und der Wein, 1869) ne peut également pas servir à établir une statistique actuelle très-exacte, soit à cause des dites nouvelles

et à 27 francs l'hectolitre, donnent, pour cette fraction de 1/120 de sa surface territoriale, un produit annuel de 1,211,000 hectolitres [1] et un revenu approximatif de 32,697,000 francs [2].

La première découverte du Phylloxéra en Suisse fut faite, en 1874,
près de Genève, dans les vignes de la commune de *Pregny*. À la suite de
recherches minutieuses entreprises dans le but d'établir la raison de la
présence du parasite sur ce point, alors encore très-distant des foyers
phylloxériques français les plus rapprochés, il fut reconnu que deux
serres [3], dans la localité, avaient reçu en 1868 des plants de vignes d'Angleterre et que ces pieds hébergeaient un grand nombre de Phylloxéras [4].
La maladie apportée par ces cépages étrangers avait été d'abord transportée dans une vigne voisine, avec les détritus des dites grapperies, puis
s'était peu à peu répandue dans quelques clos et jardins des environs ;
de manière que quatre hectares de vignes environ durent être détruits
par l'arrachage et le feu.

La même année on croyait reconnaître les effets du terrible parasite,
d'abord à *Flurlingen* (canton de Zurich) au bord du Rhin, en face de
Schaffhouse et à 235 kilomètres environ de Pregny, puis à Schmerikon
(canton de Saint-Gall) au bord du lac de Zurich, à 50 kilomètres de
Flurlingen, et à peu près à la même distance que celui-ci de Pregny. Dans
les deux localités quelques ares seulement de vigne souffrante furent
immédiatement arrachés et brûlés.

Je ne sais pas ce qu'il en a été de Flurlingen où je n'ai pas jusqu'ici
eu l'occasion d'aller ; toutefois, pour *Schmerikon*, où j'ai dû faire une
visite au mois de septembre dernier (1877), je dois avouer que l'examen
des racines de nombreuses repousses sur la partie arrachée, mais non in-
toxiquée, et de plusieurs pieds debout dans le voisinage immédiat de
celle-ci a fait naître dans mon esprit l'idée, presque la conviction, que
l'on s'était trompé, au moins dans cette dernière localité, sur la cause
et la nature de la maladie de la vigne en question [5].

plantations, soit par le fait de quelques données pour certains cantons assez insuf-
fisantes.

Une correspondance de Berne, dans le *Journal de Genève* du 27 novembre 1877,
donnait à la Suisse une surface viticole de 36,122 hectares qui me paraît un peu en-
dessus de la réalité.

Enfin, le *Nouvelliste vaudois*, dans son numéro du 25 janvier 1878, attribue à
la Suisse une surface viticole de 33,122 hectares, un peu inférieure à mes données,
avec un rendement de 41 hectolitres 66 litres par hectare, par contre bien au-
dessus de mes chiffres et que je crois passablement exagéré, comme moyenne générale.

[1] Le *Moniteur vinicole* (Paris, janv. 1878) se trompe certainement quand il attribue à la Suisse une production de 377,000 hectolitres seulement.

[2] Je saisis avec empressement l'occasion de remercier ici M. François Demole,
délégué au Congrès, de la complaisance avec laquelle il m'a toujours fourni tous
les renseignements qu'il pouvait obtenir de divers côtés.

[3] Chez le baron de Rothschild.

[4] Voyez, à ce sujet, le *Phylloxera vastatrix dans la Suisse occidentale* (1875), par
le Dr F.-A. Forel.

[5] On s'expliquait difficilement la présence du Phylloxéra dans ces deux localités, où l'on ne trouvait pas de cépages étrangers infectés et qui étaient encore à
une très-grande distance des autres foyers connus.

Quelques mois plus tard, en 1875, on constatait de nouveau la présence du Phylloxéra, sur des plants d'origine anglaise, dans trois serres, à *Mühlberg*, entre Constance et Frauenfeld, dans le canton de Thurgovie. L'arrachage et le brûlage de ces pieds de vigne visiblement couverts de Phylloxéras furent immédiatement exécutés, comme à Pregny et autres localités précitées.

Plus d'un an après, durant l'été de 1877, alors qu'on se flattait d'avoir éteint partout à temps les foyers phylloxériques, on reconnaissait, presque coup sur coup, les effets délétères du parasite et l'insecte lui-même en très-grande quantité à *Colombier*, à Trois Rods près *Boudry*, à *Corcelles* et jusque sur quelques pieds de vignes étrangères, dans des jardins au sein même de la ville de *Neuchâtel*, toutes localités dans le canton de ce nom.

Le mal, qui devait avoir commencé à se répandre dans les deux premiers vignobles déjà quatre ou cinq ans auparavant, fut encore reconnu devoir ici son origine à l'apport de plants étrangers, en partie américains, et dont quelques-uns, ces derniers principalement, avaient été envoyés par la pépinière d'Annaberg près Bonn en Allemagne, en 1869, à Neuchâtel d'où ils avaient été peu à peu distribués en divers lieux. A Colombier on dut arracher environ quatre hectares et vingt ares de vigne, et à Boudry deux hectares et vingt ares à peu près, cela y compris une large ceinture de sûreté (100 mètres). A Corcelles, le mal, beaucoup plus récent et restreint, avait été apporté, l'année précédente, par des plants provenant de la vigne malade de Boudry à 2 ½ kilomètres de là environ; 30 ares seulement furent condamnés dans cette dernière localité.

Peu de jours après, dans le mois d'août de la même année, on découvrait un nouveau point d'attaque dans le canton de Genève, près *Chambésy*, entre les vignes détruites de Pregny et l'une des serres ci-dessus mentionnées comme ayant été phylloxérées. Il est difficile jusqu'ici de dire si des insectes ailés, échappés peut-être de Pregny avant le traitement de 1875, sont venus coloniser sur ce point, à trois ou quatre cents mètres des anciens foyers, ou si, cette fois encore, on n'a pas plutôt affaire à un apport artificiel par de l'humus, des échalas ou quelque autre matière suspecte provenant des jardins de Pregny. Le fait est que cinquante-trois ares ont encore été condamnés et détruits dans ce canton.

Enfin, à la suite de minutieuses perquisitions, on reconnut la même année que des pieds de vigne américaine envoyés quelques années auparavant de Neuchâtel à *Willisau*, dans le canton de Lucerne, se trouvaient, comme les mères qui les avaient fournis, porteurs sur les racines du terrible parasite. Là encore la destruction des dits pieds, heureusement isolés sur une treille, fut immédiatement exécutée.

En somme, toutes les vignes ou parties de vignes arrachées jusqu'ici en Suisse, à diverses époques et en divers lieux, pour cause de Phylloxéra, forment un total assez minime de onze hectares et demi environ. Si, prenant en considération que la grande majorité des vignes détruites sont parmi les meilleures, on veut calculer la petite diminution que le Phylloxéra a pu jusqu'ici apporter dans le revenu annuel de la Suisse, il faudra prendre des chiffres de production un peu supérieurs aux moyennes que nous avons établies plus haut. Si nous comptons à raison de 50 hectolitres à l'hectare et de 40 francs par hectolitre, nous aurons un chiffre de 22,000 francs environ, lequel doit être plutôt en dessous de la réalité.

Les vignes du canton de Genève et celles, bien supérieures en surface et en qualité, du canton de Neuchâtel sont maintenant très-sérieusement menacées. En outre, les vignobles du canton de Vaud, les plus étendus en Suisse et parmi les plus beaux et les meilleurs, sont, par le fait de leur situation entre ceux de Genève et de Neuchâtel tous deux attaqués, dans une position excessivement précaire.

Nous estimons, en Suisse, avoir, par nos arrachages répétés, retardé beaucoup l'extension du fléau et sauvé ainsi bien des récoltes. Mais, nous ne nous dissimulons pas que toujours quelque étincelle inaperçue a pu s'échapper des foyers reconnus, avant leur destruction, et nous ne savons que trop, hélas, que, malgré nos efforts à l'intérieur, tant contre le parasite établi, que contre les apports du commerce, nous sommes cependant toujours plus sérieusement menacés par les envois de tous pays et par l'immense vague dévastatrice qui monte le long du Rhône et atteint déjà Culoz.

(Voyez, sous le n° VI, la *Carte phylloxérique de Suisse*, pour 1877.)

A l'exception de l'ANGLETERRE et de l'IRLANDE qui ne possèdent pas de vignobles et où le Phylloxéra, apporté par des cépages américains et reconnu dès 1863, est forcément confiné dans quelques serres, on ne connaît pas, que je sache, jusqu'ici d'autres pays que l'*Allemagne*, l'*Autriche* et la *Hongrie*, la *France*, le *Portugal* et la *Suisse*, qui, en Europe, soient atteints par le parasite en question. Nous avons dit que l'Espagne et l'Italie, représentées au Congrès, étaient encore intactes. Nous n'avons reçu aucune fâcheuse nouvelle de la Serbie et de la Roumanie, menacées par la Hongrie et qui, inscrites au Congrès, n'ont point envoyé de délégués. Enfin, ajoutons que si, dans les grapperies des îles Britanniques ci-dessus mentionnées, la vigne paraît résister mieux que sur le continent, cela tient en grande partie à un développement de la végétation et à une richesse d'alimentation que l'on ne saurait donner aux plantes en grande culture.

En résumé : dans l'ensemble des huit pays représentés à la Conférence de Lausanne, la vigne figure actuellement pour une superficie totale de environ 6,721,736 hectares, produisant 133,026,383 hectolitres de vin, et donnant un revenu annuel de 3,194,539,250 francs.

Près de 658,000 hectares de vignobles, pour la plupart en France, sont maintenant déjà attaqués, tandis que bien d'autres sont immédiatement menacés. Le revenu total des vignes aurait, par le fait du Phylloxéra, diminué en Europe d'environ 168,330,000 francs, sur les vignes plantées il y a douze ans environ.

Huit pays seulement ne possèdent pas de vignobles en Europe, ce sont: l'Angleterre, l'Écosse, l'Irlande, la Suède, la Norwége, le Danemark, la Belgique et la Hollande ; restent donc la Russie et la Turquie d'Europe, la Grèce et l'île de Chypre.

Le *Moniteur vinicole* qui, pour les pays dont j'ai parlé plus haut, comme figurant au Congrès, donne une production annuelle et totale de

142,178,049 hectolitres, un peu supérieur à la mienne, complète ses données, au point de vue de l'Europe, en ajoutant à ces premiers chiffres 2,134,000 hectolitres pour la Russie et la Turquie d'Europe, 1,150,000 hectolitres pour la Grèce et Chypre et 661,874 hectolitres pour la Roumanie.

L'EUROPE entière produirait donc annuellement, suivant ce journal, 146,833,584 hectolitres de vin, qui, calculés en moyenne à 25 francs, représenteraient un revenu de 3,670,839,600 francs.

Ces chiffres, ainsi que l'envahissement toujours croissant et plus menaçant du fléau, semblent, à leur manière, devoir parler déjà assez haut en faveur d'une entente internationale et d'une lutte générale contre l'ennemi commun[1].

(Voyez plus loin, sous le n° VII, la *Carte phylloxérique de l'Europe*, pour 1877, avec les limites de la vigne en grande culture et les lignes isothermes.)

Si maintenant nous cherchons à classer, par des chiffres comparatifs, dans une sorte d'échelle de relation, les divers États représentés au Congrès, comme le demandait la question 14 du programme, nous verrons bientôt que la cote de chaque pays peut varier passablement, suivant que l'on prend pour base du calcul telle ou telle considération. Ainsi, selon que nous prendrons pour base la superficie des vignes, le rapport de cette superficie à la surface territoriale du pays, la production en hectolitres, ou le revenu en argent, nous aurons des échelles assez différentes, en prenant autant que possible la Suisse comme point de comparaison.

En prenant pour base l'*étendue de la vigne seulement*, nous aurons, en commençant par les degrés supérieurs de l'échelle :

I.	FRANCE,	avec	2,431,200	hectares de vigne, représentée par le chiffre de		70,27
II.	ITALIE,	»	1,870,109	»	»	54,05
III.	ESPAGNE,	»	1,400,000	»	»	40,46
IV.	HONGRIE,	»	425,314	»	»	12,29
V.	AUTRICHE,	»	210,513	»	»	6,08
VI.	PORTUGAL,	»	200,000	»	»	5,78
VII.	ALLEMAGNE,	»	150,000	»	»	4,33
VIII.	SUISSE,	»	34,600	»	»	1,00

[1] Le terrible parasite, transporté à grandes distances par le commerce, semble maintenant en voie de faire le tour du monde. J'ai dit qu'on signalait ses ravages à Madère, sur les côtes d'Afrique ; on sait que les vignobles de Californie sont très-gravement atteints. Enfin, le *Times* du 8 février 1878 annonce que le Phylloxéra vient d'apparaître dans les vignes du district de Victoria, en *Australie*.

Mais, si nous prenons pour base le *rapport de la superficie en vigne à la surface totale des pays*, nous aurons :

I.	ITALIE,	figurant pour une fraction de.	1/16
II.	FRANCE,	»	1/22
III.	ESPAGNE,	»	1/36
IV.	PORTUGAL,	»	1/45
V.	HONGRIE,	»	1/76
VI.	SUISSE,	»	1/120
VII.	AUTRICHE,	»	1/142
VIII.	ALLEMAGNE,	»	1/362

En établissant les rapports sur la *production annuelle en hectolitres*, et prenant de nouveau la Suisse pour unité, nous aurons :

I.	FRANCE,	donnant	56,160,049	hectolitres de vin, représentée par le chiffre		46,37
II.	ESPAGNE,	»	30,000,000	»	»	24,77
III.	ITALIE,	»	27,136,554	»	»	22,40
IV.	HONGRIE,	»	8,506,280	»	»	7,02
V.	PORTUGAL,	»	3,720,000	»	»	3,07
VI.	AUTRICHE,	»	3,692,500	»	»	3,05
VII.	ALLEMAGNE,	»	2,600,000	»	»	2,15
VIII.	SUISSE,	»	1,211,000	»	»	1,00

Enfin, si nous établissons l'échelle sur le *rendement annuel de la vigne en francs*, en comptant toujours la Suisse pour un, nous aurons un dernier arrangement encore sensiblement différent des précédents :

I.	FRANCE,	avec	1,200,000,000	francs de revenu, représentée par le chiffre		36,70
II.	ESPAGNE,	»	740,000,000	»	»	22,63
III.	ITALIE,	»	678,413,850	»	»	20,74
IV.	HONGRIE,	»	255,188,400	»	»	7,80
V.	ALLEMAGNE,	»	130,000,000	»	»	4,00
VI.	PORTUGAL,	»	100,000,000	»	»	3,06
VII.	AUTRICHE,	»	58,240,000	»	»	1,78
VIII.	SUISSE,	»	32,697,000	»	»	1,00

Quittons maintenant les chiffres et cherchons, comme le demande le titre de ce chapitre, des preuves d'une autre nature de la gravité de la maladie en question et de l'importance d'une lutte générale.

La question 15 du programme était ainsi conçue : Quelles sont les

conséquences actuelles et futures, au point de vue humanitaire, du dépérissement de la vigne dans les diverses contrées. Or, sans entrer dans
une foule d'intéressantes considérations qui auraient pu faire ailleurs le
sujet d'études très-utiles et instructives, le Congrès a cependant fourni,
sous l'impression d'une conviction générale, une réponse qui, bien que
très-laconique, n'en découvre pas moins à tous les yeux la pénible réalité de cette nouvelle face de la question phylloxérique. *Les conséquences
de la maladie de la vigne sont*, a-t-il dit, *la ruine et la misère partout,
l'émigration ou la démoralisation dans certaines contrées; enfin très-probablement, dans certains pays, l'abrutissement par les alcools et, par ce fait,
la dégénérescence de l'espèce.*

Il n'y avait, en effet, pas besoin de regarder bien loin pour voir, sous
l'action de ce microscopique insecte qu'on nomme le Phylloxéra, la misère sous diverses formes se répandre en tous sens, et avec la ruine des
vignobles, tout un cortège de souffrances physiques et morales arriver à
grands pas dans les régions l'une après l'autre ravagées. Le triste spectacle de beaucoup de contrées affreusement dévastées dans le midi de la
France et en Portugal ne peut manquer de faire à chacun une bien pénible impression et d'éveiller partout un profond sentiment de sincère commisération. Il est difficile aussi de ne pas trembler en pensant à l'avenir,
quand l'on jette alternativement les yeux, d'un côté sur les ruines encore
fumantes de tant de labeurs et d'espoirs déçus, de l'autre sur le florissant aspect de tant de vignobles qui, dans bien des régions, paraissent
promettre encore à leurs confiants propriétaires et à d'heureux cultivateurs une éternelle prospérité. Il semble qu'à tout prix l'on doive lutter
contre un fléau dont il n'est plus possible de méconnaître l'immense gravité, et que de pareils malheurs doivent susciter, dans tout cœur généreux, un désir impérieux de travailler selon ses moyens à la protection
ou au soulagement de tant d'hommes laborieux menacés ou attaqués dans
leurs plus précieuses ressources.

Si, dans certaines contrées privilégiées, la vigne peut être remplacée
par quelque autre culture, et si la fortune des propriétaires ou des viticulteurs peut n'être ainsi qu'amoindrie, il n'en est cependant malheureusement pas ainsi pour un très-grand nombre de régions où la nature et la
configuration du sol semblent ne permettre aucune autre production. Combien ne voit-on pas, en divers lieux, de journaliers sans ouvrage ou de
cultivateurs ruinés forcés d'émigrer pour chercher fortune ailleurs, laissant au puceron les débris insuffisants de leur prospérité passée et le
fruit mourant de longues années d'un pénible labeur. Combien aussi de
familles, jadis heureuses, au sein desquelles la nécessité, sous la forme
du terrible parasite, est venue jeter la désunion et bientôt la démoralisation avec toutes ses fâcheuses conséquences.

Enfin, si le vin, indispensable en une certaine proportion à la santé du
travailleur, venait à faire défaut ou seulement à diminuer assez pour
monter à des prix inabordables à beaucoup, ne serait-il pas à craindre,
ou que, par l'usage de boissons artificielles souvent malsaines, le niveau
moyen de la santé ne baissât rapidement dans certaines classes peu aisées, ou que, forcée de chercher dans les spiritueux la réparation nécessaire à ses forces, toute une partie de la population, dans bien des pays,
n'arrivât bientôt, par une consommation exagérée des alcools, d'abord au

désordre, puis à l'abrutissement de l'individu et de sa descendance, et par là à la dégénérescence de l'espèce, qui en est trop souvent le déplorable résultat.

Mais, diront bien des personnes plus insouciantes qu'au fait de la situation, vous noircissez beaucoup trop un tableau qui de lui-même ne peut manquer de s'éclaircir. Cette maladie, comme tant d'autres, s'en ira d'elle-même, et pourquoi tant de bruit pour quelques misères qui ne sauraient durer ; patience et longueur de temps font plus que force ni que rage, disent-elles, il serait plus sage de dire au contraire : aide-toi et le ciel t'aidera.

La question 16 du programme et toutes les suivantes dans ce chapitre n'avaient d'autre but que de livrer à la discussion et de combattre autant que possible cette opinion, qui, jusqu'ici injustifiable, oppose, en divers lieux, à des efforts généreux, une inertie coupable et prête à l'ennemi toutes les forces qu'on devrait lui opposer.

La question 16 était ainsi formulée : *Y a-t-il des raisons d'espérer que la maladie perdra d'elle-même de sa force avec le temps?* Considérant que rien jusqu'ici n'a réussi à détruire complètement le parasite sur un point quelconque de son domaine actuel en Europe et que le fléau, bien au contraire, va toujours s'aggravant et s'étendant davantage, le Congrès a répondu : *Non, rien ne permet de l'espérer.* J'aurais préféré dire : rien jusqu'ici ne permet de l'espérer, eu égard à l'influence, en différents pays, des conditions de milieu plus ou moins favorables au développement de l'insecte sous ses diverses formes ; mais, renvoyant ces considérations encore assez obscures à l'étude des dernières questions du quatrième chapitre, je me range ici complètement à l'opinion de l'Assemblée et je pense, avec elle, que *rien, dans les contrées actuellement envahies et favorables à l'existence du parasite, ne peut faire supposer que d'elle-même la maladie disparaîtra.*

On a comparé le fléau du Phylloxéra à des maladies résultant de parasites végétaux et qui d'elles-mêmes ont paru céder à des modifications naturelles des conditions de milieu. On a mis en avant aussi des maladies dues, sur différents végétaux, à certains insectes qui, après des phases de grande acuité avaient beaucoup perdu de leur importance. Bien des viticulteurs optimistes se plaisent à citer la maladie des pommes de terre, par exemple, ou les ravages du Bostriche dans certaines forêts, et se croient excusés de leur déplorable inactivité, quand ils ont dit d'un ton péremptoire : *le Phylloxéra s'en ira bien tout seul comme il est venu.* Hélas ! on sait bien maintenant comment il est venu, mais personne jusqu'ici ne peut dire *comment il s'en ira.*

La profondeur à laquelle ce terrible parasite peut vivre et se reproduire et, par là, l'aisance avec laquelle il peut échapper à bien des influences délétères, climatériques ou atmosphériques, l'indifférence pour lui d'un grand nombre d'agents mortels pour d'autres, la ténacité à la vie qu'il possède à un haut degré sous ses diverses formes, les facilités qu'accorde la parthénogénèse à son étonnante multiplication, la variété des mille moyens mis à sa portée pour trouver toujours une suffisante nourriture, la souplesse, enfin, avec laquelle il peut se plier à toutes les circonstances, pour faire face à toutes les exigences de millieu et parer tous les coups, sont autant de tristes considérations qui rendent difficile de soutenir la comparaison de la maladie occasionnée par le Phylloxéra avec tant d'autres causes de mortalité du règne végétal plus facilement attaquables ou influençables.

Aussi longtemps qu'il y aura un Phylloxéra pour sucer et de la vigne pour succomber, la maladie, bien qu'avec des hauts et des bas peut-être, suivant les conditions et les circonstances, n'aura pas de raison de cesser, dans les localités qui permettent à l'insecte d'accomplir tout le cycle de ses métamorphoses.

La science, malheureusement, connaît peu d'exemples d'êtres aussi robustes et féconds que le Phylloxéra qui aient, sans raison apparente, un beau jour complétement disparu. Ceux-là même qui sont devenus moins nombreux et dont les ravages ont été momentanément ralentis, par suite de telle ou telle circonstance, sont cependant toujours là, prêts à profiter de la moindre faveur des conditions naturelles, pour redevenir bientôt une nouvelle cause de destruction et de malheur. La plupart des espèces se modifient plutôt qu'elles ne disparaissent ; et, c'est précisément cette faculté de modification et d'adaptation si développée chez le Phylloxéra qui, ainsi que je l'ai dit en abordant ce sujet, doit à la fois renverser les chimères des optimistes, dans les contrées où la maladie rencontre des conditions propices à son extension, et laisser peut-être quelque espoir d'une lutte plus facile à certaines contrées ou plus septentrionales ou moins favorables à l'insecte.

Bien que peu consolante, navrante même, la réponse adressée par le Congrès à la question des pays actuellement malades a cependant cet heureux côté qu'elle peut contribuer pour sa part à secouer, chez bien des gens, l'apathie et la confiante insouciance qui sont, nous l'avons dit, les plus puissants auxiliaires du Phylloxéra.

On a parlé, et on parle encore beaucoup, de vignobles qui, en divers lieux, dans le midi de la France et en Portugal par exemple, renaîtraient d'eux-mêmes après avoir été abandonnés pour morts ou censément détruits par le Phylloxéra. Il y a des gens qui pensent que la maladie cède avant la mort de la plante, et que, le fléau une fois passé, la vigne devant reprendre bientôt d'elle-même la vigueur et la santé, il est inutile, déplorable même, de faire des traitements souvent très-coûteux, à plus forte raison encore d'arracher les vignes malades.

Voilà encore une de ces idées dangereuses que le Congrès a cru devoir combattre, au moins pour ce qui est des nombreuses contrées dont il est prouvé qu'elles offrent des conditions favorables au développement du parasite sous ses diverses formes. Trois questions dans le programme avaient été consacrées à cet intéressant sujet ; à l'une de celles-ci ainsi conçues : *Y a-t-il vraiment des vignobles phylloxérés qui, sans traitement, ont repris d'eux-mêmes la vie et la santé ?* le Congrès a répondu : *La vie dans une certaine proportion : quelquefois, la santé : jamais.*

En effet, sous l'influence de conditions exceptionnelles, météorologiques ou autres, plus ou moins défavorables à l'insecte ou favorables à la plante, il se peut bien qu'il y ait parfois comme une inversion temporaire de la force prédominante, et que la vie puisse, pendant un certain temps, vaincre les causes de mort temporairement affaiblies. Mais, de deux choses l'une : ou bien il reste encore des insectes sur ces plantes convalescentes, ou bien il n'en reste plus.

Dans le premier cas, il est plus que probable que, si l'influence modificatrice défavorable à l'insecte ne persiste pas, le nombre momentanément réduit des parasites se relèvera rapidement, sous l'action vivifiante de la séve circulant à nouveau, et reprendra bientôt son influence délétère.

Dans le second cas, peu probable, de la disparition fortuite et complète du parasite, ne sera-t-il pas toujours à craindre qu'une vigne ainsi miraculeusement guérie, à moins qu'elle ne soit très-largement isolée, ne se trouve bientôt réattaquée par l'insecte, dès qu'elle offrira une végétation suffisamment riche, si l'on ne prend soin de désinfecter autant que possible le voisinage.

Il est difficile de croire, et rien jusqu'ici ne permet de supposer, que la maladie, après une période d'acuité, arrive, dans les régions où l'insecte peut se présenter sous toutes ses formes, à indemniser pour ainsi dire les plantes qui ont eu le bonheur de survivre, ou que le parasite, après avoir été en quantités écrasantes, soit, au bout d'un certain temps, assez réduit en nombre pour être supportable [1].

Si certains terrains, les sols sablonneux par exemple, peuvent, en entravant la progression et jusqu'à un certain point la production du parasite, donner ainsi moins de prise à la maladie et par là plus de chances de salut à la vigne attaquée, il ne faut pas, cependant, vouloir généraliser l'influence de cette circonstance, heureuse il est vrai, mais malheureusement trop rare pour la plus grande partie des vignobles européens.

Au reste, Messieurs les délégués des divers pays, bien au courant de toutes les observations et de tous les faits constatés, ont été unanimes à déclarer que, si la vigne malade a pu reprendre quelquefois une vigueur momentanée, en France et en Portugal, *ces cas sont purement exceptionnels et dus à des circonstances et à des conditions tout à fait particulières.*

Si l'on considère que dans certaines contrées le fléau règne en maître et qu'à défaut d'armes suffisantes, on n'a jamais pu jusqu'ici remporter une complète victoire, on arrive tout naturellement à se demander si l'homme, par des traitements répétés, ne pourrait pas peut-être reproduire artificiellement, chaque année et partout, l'analogue de ce que fait quelquefois par caprice ou exceptionnellement dame nature, avec des circonstances fortuites favorables à la plante ou défavorables à l'insecte. On se demande, en un mot, si l'on ne pourrait pas trouver le moyen de *vivre avec le Phylloxera*, soit de maintenir par des mesures constantes le parasite exacteur dans de telles limites que l'on puisse partager chaque année avec lui à la satisfaction des deux parties.

Mais, encore ici, une épée de Damoclès resterait toujours suspendue sur la tête du viticulteur : il y aurait toujours à craindre que, sous l'influence de telle ou telle circonstance naturelle prédominante *l'insecte, en prenant tout à coup un développement anomal, ne vienne à sortir des li-*

---

[1] Voyez plus loin, chapitre IV, la question du soutien de l'espèce par l'œuf d'hiver et du graduel appauvrissement de la forme radicicole, seule directement malfaisante, par la suppression de celui-ci dans certaines conditions.

mites d'équilibre établies à grand'peine, pour devenir de nouveau un fléau menaçant.

La conclusion de ce second chapitre a donc été que, vu l'immense importance du fléau à divers égards et le peu de chance de voir disparaître d'elle-même la maladie, il importe de se mettre immédiatement à l'œuvre et de s'entendre entre pays intéressés, soit pour déclarer une guerre générale et soutenue au parasite dans les pays attaqués, soit pour s'opposer par tous les moyens légaux à l'extension du fléau dans de nouvelles contrées, par les voies tant commerciales que naturelles.

CHAPITRE III

Extension du fléau par la voie du commerce.

Ce troisième chapitre du programme et les divers articles qu'il contient touchent aux questions les plus importantes, en vue de l'avenir des vignobles européens. Les délibérations auxquelles ils ont donné lieu devaient peser beaucoup sur les résolutions finales du Congrès.

Les nombreuses observations qui ont été à ce propos proposées et discutées devaient servir de base à l'établissement de toutes les mesures préventives par lesquelles une convention internationale pouvait essayer d'enrayer la marche du fléau et de préserver autant que possible les contrées ou les pays encore intacts.

L'assemblée n'a pas mis un instant en doute la possibilité du transport de germes dangereux par le commerce des produits divers de la vigne. Un seul Phylloxéra, ou un seul œuf de celui-ci, passé inaperçu, peut suffire à infecter tout un pays. Les faits, hélas ! en trop grand nombre, étaient là pour prouver d'une manière suffisante, soit la longue persistance de la vie du Phylloxéra sur des débris de vigne isolés, soit l'infection d'une foule de points en différents pays par l'apport de cépages étrangers ou de débris de ceux-ci.

Il est incontestable, comme je l'ai dit, *que le fléau se répand beaucoup plus vite et plus loin par les moyens artificiels que par les émigrations naturelles de l'insecte, et il y a bien des régions viticoles isolées qui auraient peut-être échappé au parasite, si le commerce ne s'était chargé de leur apporter les germes de la maladie.*

Suivant que l'apport de l'insecte est opéré de telle ou telle façon, l'infection peut gagner plus ou moins rapidement les vignobles du voisinage. Dans beaucoup de cas, ç'a été cinq ans après l'importation de plants étrangers phylloxérés dans une localité que la maladie a été constatée dans les vignes indigènes des environs. Ce temps d'ignorance d'un foyer apporté par le commerce peut être prolongé, ou par contre abrégé, par les circonstances mêmes de l'apport.

Dans les cas d'infection par cépages exotiques, il se peut que la diffusion dans le voisinage soit passablement retardée, ou par divers obstacles, ou par une grande distance séparant les vignobles, du jardin, de la serre ou de la treille phylloxérée. Dans le cas d'apport par des plants indigènes ou par des débris de vigne infectés directement introduits dans le vignoble, la maladie pourra, au contraire, se déclarer plus rapidement et devenir déjà évidente après trois ans, ou même après deux seulement. On comprend que l'insecte mis directement en contact avec le sol d'une vigne puisse, dès l'année suivante, multiplier et se répandre suffisamment pour que, deux ans après, bien de souches affichent déjà un certain air de souffrance.

C'est là, la plupart du temps, la marche de l'infection par les voies artificielles à petites distances. Mais, quand il s'agit des nouvelles importations par le commerce de cépages exotiques, voici alors comment les choses se passent le plus souvent : en 1868, par exemple, des plants phylloxérés arrivent dans un jardin, en 1869 (ou 1870 seulement selon les conditions) des insectes ailés partent de là pour aller tomber dans une vigne du voisinage, en 1870 les individus issus de ceux-ci gagnent les racines, en 1871 le Phylloxéra multiplie et se répand sous le sol, en 1872 quelques pieds de vigne des premiers attaqués commencent seulement à paraître moins vigoureux ; enfin, à défaut d'une surveillance éclairée et très-attentive, la maladie pourra encore passer inaperçue jusqu'en 1873, alors que quelques souches sont déjà très-malades ou mourantes.

Il est évident que l'espace compris entre la date de l'importation et le moment de l'infection du vignoble dans le voisinage peut varier passablement avec les conditions de lieu plus ou moins favorables. Le parasite pourra parfois demeurer plusieurs années ignoré sur quelque pied de vigne exotique isolé, jusqu'à ce que telle ou telle circonstance vienne le transporter ou lui permettre de se répandre plus loin dans la vigne en grande culture. *Il faut donc exercer, à temps et toujours, une sérieuse surveillance sur tous les produits de l'importation quels qu'ils soient.*

Mais, la question n'était plus là ; il importait bien plutôt de déterminer promptement les objets de commerce qui devaient être considérés comme suspects et d'examiner autant que possible à quel titre chacun d'eux pouvait être condamné.

Le défaut, jusqu'alors, d'une surveillance entendue sur les vignes de tout genre et surtout sur les pépinières, avant même qu'elles soient devenues suspectes, en permettant beaucoup d'importations du mal, d'abord involontaires, puis bientôt clandestines, autorisait largement une méfiance générale.

D'emblée, *le Congrès a établi qu'à l'exception du vin, du marc et des pépins, les divers produits de la vigne pouvaient favoriser la diffusion de la maladie, et il a soumis à la même condamnation les échalas ou tuteurs, les composts et le sol même provenant des vignes contaminées.* Plusieurs observations démontrent, avec pleine évidence, que le Phylloxéra, sous diverses formes, peut subsister assez longtemps sur les racines, le bois ou les feuilles de la vigne, pour être transporté vivant avec ces débris de plante jusqu'à de très-grandes distances de son point de départ.

On a constaté la survivance de *Phylloxéras radicicoles en grand nombre sur des débris de racines isolés depuis plus de trois ans.* On sait également que l'*œuf* dit *d'hiver* de la forme sexuée, qui est caché sous l'*écorce du bois aérien* durant la mauvaise saison, peut échapper à bien des chances de destruction et que, précisément à l'époque où l'on fait d'ordinaire voyager les plants de vigne, *il peut servir à apporter en divers lieux les germes les plus féconds de la terrible maladie.* Il est vrai qu'un excellent observateur, M. Boiteau, assure que ledit œuf d'hiver se trouve de préférence *sur le vieux bois* plus rarement appelé à voyager. Mais, n'arrive-t-il pas très-souvent qu'avec les sarments on envoie aussi un talon de vieux bois, et doit-on se confier entièrement à une règle qui, pour paraître générale, n'en peut pas moins souffrir peut-être des exceptions dangereuses, et doit-on courir les risques de semblables éventualités, alors que, sur quelques points, le mal s'est déclaré tout autour de pieds de vignes exotiques que l'on assure arrivés sous la forme de bois d'un an.

Les *feuilles*, si elles ne portent pas toujours des galles, peuvent cependant receler très-souvent des *œufs de l'insecte ailé* et, par ce moyen, transporter également à leur manière des germes dangereux.

Il y a longtemps déjà que l'on a remarqué aussi que parfois les Phylloxéras ailés ou les sexués avaient accidentellement déposé des œufs sur les *échalas* eux-mêmes.

Enfin, les *composts* sont condamnés par les débris de vigne qu'ils peuvent contenir, et, la rencontre fortuite de Phylloxéras errants dans le *sol* autour des racines de la vigne, a forcément étendu à ce dernier la même condamnation qui devait faire prohiber le transport des produits précédents.

Personne n'a jamais pensé discuter l'innocuité du vin, et je ne pense pas que l'on puisse davantage soupçonner l'innocence des *pépins*, sur lesquels on ne voit guère comment le parasite pourrait bien subsister.

Mais, il importait de s'occuper sérieusement de la question du *raisin* lui-même qui était présentée au Congrès sous deux faces très-différentes ; à savoir : en vue des raisins frais et en vue des raisins secs. Cette distinction avait une très-grande importance, eu égard au commerce étendu que font de ces derniers certains pays, l'Espagne en particulier. La réponse de l'assemblée fut que *l'importation des raisins secs ne pouvait offrir aucun danger et que jusqu'ici il n'y avait aucune constatation de transport du Phylloxéra par les raisins frais.*

Pleinement d'accord avec le Congrès, au point de vue des raisins secs, *j'ai cependant voté contre l'opinion de la majorité, pour ce qui est de la franchise accordée par celle-ci aux transports des raisins frais.*

Il me semblait regrettable, après tant de restrictions sévères imposées au commerce de divers produits directs ou indirects de la vigne, de laisser ainsi subsister une chance de malheur, si petite soit-elle, dans les transports dangereux que l'on voulait réglementer.

On a observé que le Phylloxéra ailé peut être fortuitement arrêté et forcé parfois de déposer ses œufs sur des corps de natures très-différentes. Il n'y aurait rien d'étonnant, par conséquent, à ce qu'il eut quelquefois la chance de se rencontrer égaré et de pondre entre les grains d'une grappe de raisins frais ; comme tant d'autres petites espèces d'insectes que j'y rencontre souvent, soit libres, soit prises dans de petites toiles d'araignées, bien qu'elles n'aient pas plus de raison de se trouver là que le parasite de la vigne lui-même. On sait que beaucoup d'insectes pondent parfois plus vite sous l'influence de circonstances anomales, forcément retenus ou même lésés, que dans des conditions naturelles [1].

Enfin, bien des gens d'une circonspection très-louable se méfient sérieusement du *marc de raisin*, alors qu'il n'a pas eu le temps de fermenter suffisamment. Ici, je dois avouer que, pour ma part, je vois encore moins de chances de danger dans le transport des marcs que dans celui des raisins. En effet, aussi longtemps que la galle phylloxérique ne se présentera pas sur les feuilles de nos vignes, le raisin ne peut guère porter accidentellement que des insectes ailés, fort probablement incapables de se servir de leurs ailes très-longues et délicates après avoir été plongés et bousculés, lors du foulage, dans un milieu gluant, ou bien des œufs d'ailés devant donner des sexués, ou des sexués eux-mêmes, qui, manquant d'organes de nutrition, ne peuvent avoir une existence bien prolongée. Comme il semble peu probable que l'œuf d'hiver de ces derniers puisse se développer dans le marc en fermentation, je pense que, sans interdire complétement le transport des marcs, on pourrait éviter toute chance de danger, si on n'utilisait jamais ceux-ci, comme engrais pour les vignes, qu'alors qu'ils auraient suffisamment fermenté. Cette précaution serait doublement utile, en ce sens que souvent les marcs trop frais peuvent être une cause de développement du blanc (*Mycelium*) sur les racines. Une fois la galle établie sur la feuille de nos vignes indigènes, comme sur celle des vignes américaines, le raisin pourrait porter alors une troisième forme de parasite beaucoup plus résistante que les deux précédentes, et le marc, par le fait, pourrait peut-être devenir un peu plus dangereux.

Une autre grave question soulevée dans ce chapitre du commerce était de savoir *si le Phylloxera vastatrix peut vivre longtemps et se développer sur d'autres plantes que la vigne*. Devait-on, à l'exemple de l'Italie, condamner indistinctement tous les végétaux ; fallait-il, au contraire, affirmer l'innocuité complète de toutes les plantes autres que la vigne, ou bien encore, devait-on faire une sorte de triage forcément hypothétique, interdire entre autres la circulation des arbres fruitiers, tandis que l'on laisserait voyager tous les végétaux d'autres natures.

Les cas de rencontre du parasite en question sur des plantes autres que la vigne étant jusqu'ici assez rares, et ne pouvant se baser à cet égard que sur quelques citations pour la plupart controuvées, le Congrès s'est borné à déclarer que *le Phylloxéra de la vigne, principalement sous sa forme radicicole, peut accidentellement ou temporairement se trouver sur les racines de végétaux autres que la vigne, alors que ceux-ci poussent dans le voisinage immédiat de celle-ci, et que parfois des plantes extraites près d'un pied de vigne phylloxéré peuvent emporter avec elles, dans la terre ou entre leurs racines, des débris de vigne susceptibles de transporter des germes dangereux.*

Ainsi, tout en admettant que le Phylloxéra de la vigne ne peut pas se nourrir et se développer sous ses diverses formes sur des végétaux autres

---

[1] Ne serait-il pas aussi toujours à craindre que les envois de raisins frais autorisés ne continssent des feuilles de la vigne.

que la vigne, le Congrès reconnaissait pourtant la possibilité, dans certains cas, de transports dangereux par l'intermédiaire de ceux-ci. Il déclara donc que *l'on doit regarder comme suspectes toutes les plantes qui se trouvent dans les jardins, les pépinières, serres ou orangeries qui renferment des plants de vigne, et proposa de soumettre ces établissements et leurs envois à une sévère et constante surveillance.*

Peut-être ne sera-t-il pas inutile, eu égard à l'éventualité de lois restrictives internationales, de rapporter ici l'opinion de l'un des délégués de l'Italie qui, bien placé pour le savoir, m'assurait que, depuis quelques années que l'on ne laisse plus entrer dans cet État des végétaux de l'étranger, les pépiniéristes et les jardiniers à l'intérieur s'étaient efforcés de suppléer à ce défaut d'importation et que, après quelques murmures et réclamations, la sévérité de *la loi faite en vue du Phylloxéra avait de fait donné dans le pays un nouvel essor à l'horticulture.*

Une surveillance intelligente et incessante pourra peut-être empêcher qu'un propriétaire ou un fermier ne transporte involontairement la maladie de l'une de ses vignes, attaquée bien qu'il n'en sache rien encore, dans une autre saine jusque-là et plus ou moins distante, soit avec des plants de vignes enracinés ou non, soit avec de l'humus ou des échalas. Toutefois, ces moyens de transports, bien constatés en divers lieux, ne doivent pas, à mon idée, être les seuls que le Phylloxéra puisse employer pour se répandre sans fatigue, et je crois devoir à ce propos émettre succinctement quelques hypothèses qui, tout au moins, paraissent assez plausibles.

On a déjà plusieurs fois observé que c'est très-souvent dans des vignes appartenant à des viticulteurs déjà phylloxérés, sur d'autres points peu distants, que les nouvelles attaques se sont d'abord fait remarquer, sans qu'il y ait eu pour cela apport connu de plants de vignes ou d'autres objets suspects. Or, si l'on se demande pourquoi cette curieuse coïncidence, il est difficile de ne pas accorder une certaine créance à la supposition, déjà souvent faite, que le Phylloxéra pourrait peut-être, comme d'autres insectes, être transporté involontairement d'un point à un autre par les personnes appelées à circuler ou à travailler dans les vignes.

Il serait fort intéressant de faire, dans cette idée, des recherches et des observations minutieuses pour s'assurer si, *soit avec la terre attachée aux chaussures ou aux outils*, soit avec les paniers ou les seilles des vendangeurs et les *feuilles* qui peuvent s'y attacher, soit même avec les vêtements, l'homme ne peut pas transporter parfois des germes de maladie. La plus petite constatation à cet égard pourrait avoir une très-grande importance.

Voici un premier point discutable ; qu'il me soit permis d'en signaler rapidement deux autres qui se tiennent de très-près et qui, à leur tour, me paraissent mériter aussi notre attention. Il a été parlé au Congrès de Phylloxéras ailés qui s'étaient trouvés fortuitement arrêtés et avaient pondu sur les feuilles de plantes étrangères à la vigne, dans le voisinage de celle-ci. Là encore n'y a-t-il pas une certaine chance de danger à emporter des points malades durant la belle saison, au travers de vignobles sains encore et souvent assez loin, *les herbes de diverses sortes* qui, si souvent, poussent dans les vignobles entre les pieds même des vignes les plus serrées. Ne se pourrait-il pas que, soit sur leurs parties aériennes, soit plus souvent encore dans le sol qui enveloppe leurs racines après l'arrachage, ces plantes puissent servir quelquefois à transporter ou à semer en route des germes pernicieux.

Enfin, un soupçon analogue ne devrait-il pas tomber aussi *sur les débris de bois, pousses ou feuilles que l'on enlève à la vigne* pendant la belle saison et que l'on transporte ou que l'on laisse peut-être, également à tort, dans la plupart de nos vignobles, alors que déjà ils peuvent porter, sinon des galles, du moins des œufs d'insectes ailés.

La seule citation de ces deux hypothèses doit suffire, semble-t-il, à montrer de combien de précautions il est bon de s'entourer vis-à-vis des transports si multiples et variés de la maladie par les voies humaines. S'il y a malheureusement des contrées tellement envahies que bien des mesures de prudence y sont désormais inutiles, il en est d'autres, par contre, et beaucoup heureusement, sur le salut desquels on ne saurait trop veiller et où l'on ne prendra jamais trop de précautions.

Quant aux herbes et aux débris de la vigne, il semble qu'il soit facile, en les brûlant sur place, au moins dans les vignobles malades ou immédiatement menacés, d'éviter ainsi quelques chances de diffusion artificielle et de ralentir par là un peu l'extension rayonnante du mal autour de ses foyers. Mais, pour ce qui est des transports inconscients par la personne même de l'ouvrier, par les chaussures, les outils, ou les paniers, la réponse peut paraître plus difficile.

Le Congrès a refusé de patroner, comme mesure générale, *le séquestre des vignes contaminées*, laissant à chaque pays, sur ce point, ses idées et son initiative particulières. Cependant, eu égard à ces derniers transports par les viticulteurs, je ne saurais trop recommander, comme mesure de prudence, cet *isolement du malade qui me paraît devoir diminuer sensiblement les chances de contagion.* Ne pourrait-on pas, en interdisant toute circulation sur les places souffrantes, ou au moins en éloignant les intrus et en exigeant certaines précautions, le lavage par exemple des chaussures, des outils et des paniers forcément mis en contact avec le sol et les objets infectés, prévenir jusqu'à un certain point la formation dans le vignoble de bien des nouvelles taches ou cuvettes phylloxériques dues à la dispersion artificielle de l'insecte radicicole, et retarder encore ainsi le moment de l'infection générale, du découragement et du désarmement.

Après avoir déclaré que les formes du parasite les plus facilement transportables par le commerce devaient être classées comme suit, selon l'ordre décroissant de leur importance : *l'insecte radicicole, l'œuf d'hiver,* le *gallicole* et les *œufs d'ailé,* le Congrès a dû constater encore que *des objets ayant servi au transport des produits de la vigne réputés dangereux peuvent aussi conserver accidentellement des germes à redouter.*

Il fallait donc chercher des *procédés efficaces de désinfection,* soit pour les plantes ou parties de plantes qui devraient voyager et dont on voudrait conserver la vie, soit pour les objets inorganiques ou morts ayant été en contact avec des produits quelconques de la vigne infectée ou seulement suspecte.

Malheureusement, de toutes les expériences rapportées au Congrès,

aucune ne parut assez concluante, et de tous les toxiques proposés jusqu'ici aucun ne fut jugé capable de pouvoir tuer toujours tous les germes
dangereux sans jamais nuire à la plante. L'assemblée n'a pas cru devoir
préconiser, sans preuves suffisantes, tel ou tel procédé de désinfection
pour les plantes en voyage. On sait que la Commission supérieure du
Phylloxéra en France [1] recommande un bain dans le sulfo-carbonate de
potasse étendu d'eau ou un lavage avec cette substance, comme capables
de débarrasser les plants enracinés du parasite, tout en favorisant leur
végétation ; toutefois, l'opinion générale a été qu'il était jusqu'ici préférable de laisser subsister un doute prudent sur cette question, soit
pour plus de sûreté, soit pour pousser à de nouvelles recherches et à de
nouvelles observations [2].

Pour ce qui est des objets inorganiques ou morts ayant été en contact
avec des produits suspects, le Congrès a cru pouvoir recommander la
chaleur humide ou sèche à + 100 degrés au moins, et tous les toxiques
assez puissants pour tuer rapidement les insectes. On sait, à ce propos,
que le Phylloxéra radicicole peut vivre assez longtemps dans des vapeurs
qui tuent presque instantanément d'autres insectes et qu'il bouge souvent encore très-bien après avoir été plongé dans l'alcool pendant plus
d'une heure.

Le parasite offrant autant de résistance que la maladie présente de
danger, il est donc fort à désirer que l'on entreprenne rapidement de sérieuses recherches sur ce point d'une si haute importance eu égard aux
intérêts du commerce. Aussi longtemps, en effet, que l'on n'aura pas
un procédé indubitablement efficace pour la désinfection, tant des cépages que des objets divers pouvant les contenir, ou bien le commerce
demeurera toujours une source terrible de malheurs, ou bien des lois sévères devront intervenir et limiter toujours plus les transports.

CHAPITRE IV

Diffusion de la maladie par les voies naturelles.

Les différentes questions de ce chapitre parallèle au précédent trai-
tent de trois sujets d'une très-grande importance , à savoir : du transport de la maladie par la voie aérienne, au moyen de l'insecte ailé considéré comme colon destiné à étendre au loin les conquêtes de l'espèce ; de
la puissance de diffusion du parasite par le sol tout autour de ses points
d'attaque ; enfin, de l'influence des conditions de milieu sur le dévelop-

[1] Commission supérieure du Phylloxéra. Troisième session, p. 13. Paris, 1877.
[2] Il serait intéressant d'étudier à cet égard les effets de l'acide sulfureux anhydre,
en champ clos.

pement de l'insecte et par là sur l'intensité de la maladie résultant des
piqûres de celui-ci.

L'opinion du Congrès a été, sur le premier chef, que : *par une atmos-*
phère calme, le Phylloxéra ailé ne peut guère, livré à lui-même, franchir
de grands espaces; mais, que les vents peuvent transporter parfois à de
grandes distances des insectes qui, aussi légers que le parasite en question,
ne peuvent lutter contre ces courants qu'autant que ceux-ci sont relative-
ment très-faibles. L'assemblée a même pensé que des vents puissants
pouvaient parfois saisir et entraîner plus ou moins loin des Phylloxéras
aptères, alors que ceux-ci se trouveraient à la surface du sol ou sur
quelque partie aérienne feuille ou autre de la plante.

Il est évident qu'il est impossible de limiter l'extension des transports
par les courants aériens et que, sur l'aile du vent, l'ennemi de la vigne,
comme bien d'autres insectes, doit pouvoir franchir de très-grandes distances. Cependant, je ne crois pas que l'on ait pu jusqu'ici constater
d'une manière indiscutable des sauts du parasite, par les voies purement
naturelles, au delà de trente à quarante kilomètres. Dans beaucoup de
cas, c'est à un défaut d'observation ou de renseignements qu'il faut attribuer l'étendue de semblables intervalles censément sains séparant, en
divers lieux, des vignes attaquées. Quelquefois on a méconnu des points
d'attaque intermédiaires; souvent on n'a pas pu faire une enquête assez
circonstanciée pour découvrir des apports commerciaux, volontaires ou
inconscients, qui avaient infecté la nouvelle localité phylloxérée.

Plus les conditions de milieu sont favorables au développement des insectes ailés, plus lesdits colons, perdus en partie ou décimés en route, ont
de chance d'arriver encore en nombre dans les vignes à de grandes distances. Plus, par contre, la durée et les facilités de l'essaimage seront
réduites par les influences locales, moins l'essaimage sera, à la fois, important et lointain. Dans la plupart des cas, même dans le midi, les
transports naturels par l'atmosphère ont été bien moins étendus que les
espaces ci-dessus indiquées; et, autant que nous avons pu le voir jusqu'ici
dans des régions plus septentrionales, en Suisse par exemple, les sauts
par voie aérienne ont été, d'une année à l'autre, de beaucoup plus petits, la plupart du temps de quelques vingts mètres seulement.

Quant à ce qui est des obstacles que la configuration du sol peut apporter à la diffusion de la maladie par les voies aériennes, l'opinion générale a été qu'*une chaîne continue de hautes montagnes alpestres et de*
grands espaces dépourvus de vignes, tant sauvages que cultivées, doivent pou-
voir offrir une barrière infranchissable à l'insecte dévastateur.

Après cela, admettant que le Phylloxéra aptère, *radicicole,* se répand
surtout par les radicelles peu profondes, parfois même par la surface du
sol, mais, sans prétendre fixer sur ce point une limite invariable, le
Congrès a pensé que l'*insecte privé d'ailes ne peut guère, dans l'espace*
d'un an, gagner, autour de ses foyers, plus de dix à quinze mètres de rayon
tout autour. Encore ici l'assemblée a été d'accord pour reconnaître que
certaines conditions de terrain et de culture peuvent retarder, jusqu'à un
certain point, la diffusion du parasite souterrain et ralentir ainsi plus ou
moins les progrès de la maladie; qu'un sol composé de sable fin, par
exemple, peut, comme nous l'avons dit, entraver un peu les mouvements
de l'insecte; que la plantation à larges espacements peut rendre moins

prompt ou moins facile le transport du puceron d'un pied de vigne à un autre ; que, dans certains cas, enfin, un plus grand développement du bois et par là des racines peut permettre à la plante de résister plus longtemps.

Quant à ce qui est de l'influence des circonstances et des conditions de milieu, le Congrès a été unanime à reconnaître que *les conditions atmosphériques d'une localité peuvent ralentir la marche du fléau et qu'une latitude septentrionale peut retarder plus ou moins le développement de la maladie, en réduisant la durée de la saison d'activité de l'insecte, sans pourtant enlever à celui-ci la faculté de se propager d'une manière dangereuse.*

Il faut distinguer ici des cas bien différents : les conditions atmosphériques variées et variables de diverses localités sous une même latitude, et les conditions de milieu dans diverses régions sous des latitudes très-différentes.

Dans le premier cas, il me semble que l'on puisse ranger non-seulement *les conditions de sécheresse et d'humidité*, dont les effets semblent varier beaucoup avec la nature du sol, mais encore *la direction générale des vents dominants durant l'époque de l'essaimage*, laquelle, suivant la configuration du lieu, portera plus facilement l'insecte vers de nouveaux vignobles ou, au contraire, dans des cultures étrangères à la vigne et impropres à la subsistance de l'espèce.

Pour le second cas, de l'influence directe des latitudes ou des climats, il faut bien avouer que la science n'a pas jusqu'ici assez d'observations et de données comparables pour pouvoir, malgré sa gravité, traiter cette question d'une manière concluante. Si, dès l'abord, on a pu remarquer d'importantes différences entre les mœurs du Phylloxéra dans certaines parties de l'Amérique et les allures de cet insecte en Europe, il faut bien reconnaître que ces différences dans les agissements du puceron proviennent bien plus de la nature de la vigne profondément modifiée par une longue culture que de l'action directe des latitudes ou des climats.

La question, pour le moment, est de savoir si, en surmontant les difficultés et les exigences de son nouvel habitat, l'insecte arrivera peu à peu à reprendre partout également l'existence demi-aérienne et demi-souterraine qu'il mène sur la plupart des vignes américaines, ou si, sous l'influence de conditions de milieu différentes, il ne sera pas peut-être forcé de modifier encore plus profondément ses mœurs et par là son importance au point de vue de la vigne sous diverses latitudes. Rien jusqu'ici ne permet de prévoir d'une manière certaine l'avenir ; on ne sait même pas ce que l'on doit désirer, et, en face des mille moyens mis à la portée du parasite pour se plier aux diverses circonstances, à peine peut-on proposer maintenant des hypothèses un peu plausibles.

Voyons cependant, aussi succinctement que possible, ce que l'on croit savoir déjà sur cet intéressant sujet, et, pour plus de clarté, commençons par signaler en quelques mots les diverses formes du parasite et leurs agissements.

On sait que le *Phylloxéra de la vigne* affecte des formes à peu près ovalaires, avec une couleur, suivant les cas, jaune, roussâtre ou verdâtre, et que, depuis le jeune au sortir de l'œuf jusqu'à l'état de pondeuse adulte, il varie au plus, quant au corps, entre 0,$\frac{1}{3}$ et 1,$\frac{1}{5}$ millimètre de longueur totale.

1° Le *radicicole* (travailleur), toute l'année sur les racines : pondeuse vierge, sans ailes, à membres trapus et antennes biseautées, avec un grand suçoir, se reproduisant d'ordinaire de mai à novembre, sous la même forme, et donnant aussi naissance, en été sur les renflements morbides des radicelles peu profondes, aux nymphes à membres plus longs et continuellement agitées qui bientôt sortiront de terre pour devenir ailés parfaits.

2° L'*ailé* (colon) destiné à étendre par la voie aérienne les conquêtes de l'espèce : pondeuse vierge, avec deux paires de grandes ailes, des membres allongés, un suçoir moyen, et pondant sous les feuilles, surtout en juillet, août et septembre, 2 à 4 œufs jaunâtres, qui bientôt donneront le jour aux sexués.

3° Le *sexué* (régénérateur), la forme la plus petite ayant pour but de revivifier l'espèce par un accouplement : mâles et femelles, sans ailes ni suçoir et cachant, parfois en août, plus souvent en septembre ou même en octobre, généralement sous l'écorce du vieux bois aérien, un œuf dit d'hiver d'où sortira, au printemps suivant, l'insecte gallicole.

4° Le *gallicole* (fondateur) : pondeuse vierge, sans ailes, à membres faibles et antennes subacuminées avec un petit suçoir et reproduisant, généralement à l'air libre, après quelques générations et plus ou moins vite dans la belle saison, la forme propre aux racines.

Ce sont donc les descendants de l'insecte gallicole, quel qu'ait été son habitat, sur les feuilles, ou ailleurs à défaut de galle, qui gagnent les racines, pour fonder la nouvelle colonie durant l'année qui suit celle de la fuite des ailés[1].

Il semble hors de doute que *la maladie est d'autant plus grave et se répand d'autant plus vite dans une région que la belle saison, ou la phase d'activité du parasite, y est plus longue ou plus favorable à l'insecte;* il est par conséquent presque superflu de rappeler que le mal, d'abord latent et restreint, prend une extension d'autant plus rapide que les conditions locales se prêtent plus facilement au développement et à la multiplication du parasite sous toutes ses formes.

Il paraît évident que si, à un certain degré, l'abaissement de la température dans le sol doit arrêter ou au moins ralentir fortement la ponte du Phylloxéra, les ravages de l'insecte seront d'autant moins grands et rapides que la nouvelle contrée attaquée se trouvera sous une latitude plus septentrionale ou dans des conditions plus défavorables[2].

---

[1] Voyez, pour plus amples détails et pour des figures de toutes ces formes, mes Rapports officiels au Département de l'Intérieur de Genève : *Le Phylloxéra dans le Canton de Genève de mai à août 1875*, et, *Le Phylloxéra dans le Canton de Genève, d'août 1875 à juillet 1876;* ainsi que ma notice intitulée : *Instructions sommaires à l'usage des Départements de Savoie et de Haute-Savoie* (parue à Chambéry en 1877).

[2] Les variations annuelles de la température dans une région, jointes à certaines circonstances de milieu, paraissent avoir une influence assez sensible, soit sur la circulation dans les racines, soit par là sur la durée de l'activité de la ponte du parasite dans le sol, et pouvoir amener ainsi parfois des exceptions temporaires à la règle

Nous devons faire ici abstraction de la question de la *galle*, soit de l'importance d'un stage plus ou moins prolongé et d'une multiplication plus ou moins abondante de l'insecte sur la feuille de la vigne, avant que l'espèce gagne les racines. On sait bien que la feuille européenne se prête jusqu'ici plus difficilement que la feuille américaine à la formation de la galle; mais, on ne peut point encore apprécier la valeur de cette différence, et il est impossible de dire maintenant qu'elle serait, pour nos vignes indigènes, le résultat d'une modification à cet égard. On n'a pas même encore parfaitement expliqué la vraie raison du défaut de la galle [1], et les observations manquent jusqu'ici pour déterminer exactement, soit à quel moment, dans diverses conditions, le produit revivifié de l'œuf d'hiver entre dans le sol, soit l'importance, au point de vue de la gravité de la maladie, d'une différence évidemment très-grande dans le nombre des descendants de ce germe qui chaque année peuvent gagner les racines.

Il est difficile, en un mot, de préciser le poids dans la question, en bien ou en mal, d'une multiplication de l'insecte régénérateur issu des sexués, ou sur la feuille pendant quelques générations, ou plus ou moins immédiatement sur les racines. Il est connu que, sur la feuille américaine, le produit vivifié de l'œuf d'hiver peut faire jusqu'à cinq ou six cents œufs dans une galle et que les descendants de cet insecte gallicole peuvent fournir dans la belle saison plusieurs générations à l'air libre. Toutefois, les observations font encore défaut pour établir d'une manière comparée le mode d'intervention et le niveau de la force reproductrice, sous le sol, de l'individu qui, ne pouvant devenir *gallicole*, doit gagner forcément les racines pour devenir prématurément *radicicole*, peut-être sous la forme que j'ai appelée *nodicole* [2].

Restons donc dans l'étude des agissements actuels du parasite en Europe, et ne nous occupons, pour le moment, que de la multiplication des insectes aptères radicicoles, les véritables *travailleurs*, de la production plus ou moins abondante des *colons ailés* et de l'importance, dans des conditions différentes, du rôle des individus, quel qu'en soit le nombre, issus de l'œuf dit d'hiver *régénérateur* descendant des ailés par les sexués.

Si l'on cherche, comme cela a été fait souvent, à établir la quantité probable des descendants d'une seule pondeuse *radicicole*, dans une année, en multipliant successivement le nombre des œufs d'un seul individu

---

quasi générale de l'engourdissement hivernal. Ainsi, vers le milieu de décembre 1876, on trouvait encore des pontes souterraines dans le Mancey, et, au commencement de janvier dernier (1878), on a observé à Talissieu, dans le département de l'Ain, quelques renflements encore jaunes avec des pondeuses à leur surface.

[1] Peut-être cela tient-il à des modifications de structure lentement amenées par l'influence de la culture, à des éléments moins plastiques, ou bien à une texture, comme dans les racines, plus lâche ou moins serrée. La trouvaille, en France, de quelques galles phylloxériques sur vignes sauvages, dans les haies, semblerait appuyer cette idée de l'action débilitante de la domestication.

[2] Voyez : Comptes rendus de l'Académie des Sciences, juin 1876, ou Archives de la Bibliothèque universelle, juin 1876, et *le Phylloxéra dans le Canton de Genève*, Rapport officiel, juillet 1876, p. 19.

4

par le total des œufs émis par les pucerons issus de ceux-ci, et cela autant de fois qu'un laps de trois semaines peut entrer dans le temps propre à la ponte pour une localité, on comprendra bien vite comment *une abréviation de quelques semaines seulement dans la belle saison peut suffire à amener, par le fait d'une immense réduction dans le total annuel des parasites, soit une résistance plus facile de la plante, soit une diffusion moins rapide de la maladie.*

Les mêmes causes devront réduire, sous des latitudes relativement septentrionales, le nombre des colons destinés à étendre par voie aérienne les conquêtes de l'espèce. *Ayant moins de temps pour se développer, les ailés sortiront d'abord moins nombreux* de la terre, puis, rencontrant souvent à l'air libre des intempéries plus pernicieuses, ces insectes, plus délicats que les radicicoles, seront aussi plus facilement décimés avant que d'arriver à destination. On a, en effet, trouvé jusqu'ici beaucoup moins d'ailés parfaits en Allemagne que dans certaines parties du midi de la France; mais il ne faut pas exagérer l'importance de cette différence, car chacun sait qu'il n'y a pas besoin d'un bien grand nombre de colons pour empoisonner un vignoble.

La disposition des cuvettes phylloxériques dans les vignes contaminées de la Suisse prouve avec toute évidence, selon moi, que dans ce pays, à moitié chemin entre les points extrêmes phylloxérés du nord et du midi, la colonisation, bien que sur une échelle relativement assez réduite, s'est faite pourtant en divers lieux à petites distances et les vents aidant, par la voie purement aérienne. L'exemple des vignes de Neuchâtel, que les membres du Congrès ont été appelés à visiter, doit suffire à prouver ce que je viens de dire, tant sur la production d'ailés parfaits en Suisse que sur la direction donnée à l'essaimage par les vents dominants. Soit à Boudry, soit à Colombier on pouvait reconnaître à première vue l'influence directrice du courant d'air constant venant du Val de Travers. En s'adaptant aux conditions de milieu, l'insecte peut arriver avec le temps à essaimer davantage, et il serait imprudent de se confier trop, chez nous, dans cette tranquillisante mais dangereuse idée d'un mal localisé ou plus facilement localisable.

Vient maintenant une troisième, dernière et très-grave question, à propos de l'*œuf* dit *d'hiver*. Il est inutile de dire que ce germe dangereux devra se trouver en d'autant plus grande quantité dans une localité que la production des ailés sera plus abondante dans la région. Nous n'avons pas non plus à revenir ici sur l'importance d'une multiplication plus ou moins prolongée à l'air libre des descendants de cet œuf avant l'invasion des racines. La discussion roule maintenant sur la nécessité même de cet œuf qui, produit de l'accouplement de Phylloxéras sexués, serait, d'après les savantes observations du prof. Balbiani, indispensable au soutien de la force reproductrice dans les formes vierges, et par là au maintien de l'existence du parasite.

C'est sur ce point, important en vue de l'avenir, que se concentre actuellement toute l'attention et tout l'intérêt de la question au point de vue scientifique. On comprend, en effet, qu'à côté des conditions locales de diverses natures qui, sous une même latitude, peuvent faire varier, quant au nombre, l'importance de l'œuf d'hiver, il faut aussi prendre en sérieuse considération l'action plus ou moins délétère, pour ce germe déposé à l'air libre, du froid ou des hivers plus ou moins rigoureux dans des régions de latitudes relativement plus méridionales ou plus septentrionales.

L'espèce Phylloxera vastatrix peut-elle se passer éternellement de l'intervention de l'œuf d'hiver qui, vivifié par l'union des sexes, devrait apporter chaque année aux formes qui pondent sans accouplement[1] une force nouvelle de reproduction? Ou bien, en d'autres termes, les pondeuses radicicoles peuvent-elles multiplier à l'infini, indépendamment des ailés, des sexués et des descendants directs de l'œuf d'hiver régénérateur? La pondeuse vierge des racines, seule directement nuisible à la vigne, pourrait-elle indéfiniment sucer et se reproduire, quand elle serait, par le fait de l'intervention de l'homme, ou par suite de conditions ou de circonstances naturelles, isolée sous le sol, livrée à ses propres forces et privée toujours de la vivification par le contact du mâle sur un point du cycle des métamorphoses de l'espèce?

Cette question, comme on le voit, peut se poser dans deux buts différents : au point de vue d'une direction à donner à l'intervention de l'homme par les traitements et eu égard à l'influence des latitudes ou des conditions de milieu. Nous aurons à revenir plus loin sur le côté de cette question qui regarde les traitements; citons plutôt maintenant rapidement quelques-unes des observations qui peuvent corroborer l'opinion de l'influence des climats sur l'importance de la maladie et venir peut-être, dans certains cas, à l'appui de l'idée d'une résistance ou d'une résurrection possible de la vigne sans traitement, dans certaines conditions.

Bien des observations portent à croire que, chez diverses espèces d'insectes, la force parthénogénique baisse peu à peu, si elle n'est de temps à autre soutenue par l'intervention d'un principe régénérateur que la nature prévoyante a généralement mis à sa portée. Les recherches du professeur Balbiani, qui voit diminuer graduellement le nombre des tubes ovigères dans les générations successives des pondeuses vierges isolées, et les observations de M. Marès, qui a vu périr après quatre ans tous les Phylloxéras aptères qu'il avait implantés dans trois vases de vigne, pour avoir, croit-il, été privés du rafraîchissement par l'œuf d'hiver, semblent également et jusqu'à un certain point démontrer que ce dernier n'est pas indifférent à la persistance de la force reproductrice et par là à l'existence de la forme souterraine, seule cause directe de la maladie.

Toutefois, les faits acquis ne sont pas assez nombreux pour être parfaitement concluants, et la question de la nécessité absolue de l'œuf des sexués semble jusqu'ici loin de pouvoir être définitivement résolue. En effet, l'opinion, à certains égards consolante, des auteurs précités rencontre encore, dans le midi de la France surtout, d'illustres antagonistes. La durée possible de la force parthénogénique livrée à elle-même paraît, faute de constatations suffisantes et comparables, très-différemment évaluée. On peut citer, à l'encontre du dire de Balbiani et de Marès, soit l'observation de Lichtenstein qui a suivi, sur un morceau de racine isolé, la multiplication indéfinie de la forme vierge souterraine pendant

---

[1] Dites vierges ou parthénogéniques.

plus de trois ans, soit le fait que les vignes, dans plusieurs départements du midi de la France, continuent à être ravagées par l'insecte, bien qu'au dire d'excellents observateurs on n'y trouve, contrairement à ce qui se voit dans le Bordelais, que fort peu d'œufs d'hiver sur le bois.

Inutile de dire que l'œuf d'hiver est très-difficile à découvrir sous les écorces du bois aérien de la vigne ; ce ne saurait être là la raison de la différence signalée. Toutefois, si l'on doit chercher ailleurs que dans la persistance de la force parthénogénique l'explication des faits constatés dans le midi par plusieurs savants naturalistes, il semble qu'il soit naturel de s'adresser pour cela à l'étude des nombreuses modifications d'allures que peut offrir le parasite sous ses diverses formes.

Je ne saurais, à ce propos, passer ici complétement sous silence deux observations peu encourageantes il est vrai, mais qui, bien qu'exceptionnelles peut-être, n'en paraissent pas moins pouvoir intervenir jusqu'à un certain point dans la question, devoir pousser à de nouvelles recherches et acquérir en vue de l'avenir une importance encore difficile à apprécier. Je veux parler de la rencontre fortuite faite par Balbiani de sexués dans le sol, durant l'automne de 1874, et de la trouvaille faite par moi, en mai 1876, d'un œuf d'hiver près d'éclore sur une racine d'un vase de vigne artificiellement phylloxéré et étudié en chartre privée.

Je penche, pour ma part, volontiers vers l'opinion de l'utilité de l'intervention de l'œuf d'hiver dictée, semble-t-il, par des lois naturelles ; toutefois, ce point même admis, toute difficulté serait loin d'être soulevée. Je veux bien croire l'œuf d'hiver indispensable à la persistance de la force reproductrice des pondeuses souterraines et ce germe déposé d'ordinaire à l'air libre ; je veux bien admettre, jusqu'à preuve du contraire, que la présence de l'œuf des sexués sur les racines est un fait insolite qui se reproduirait difficilement en grand dans les vignobles et dans des conditions normales. Mais, eu égard au salut de nos vignes, dans un avenir incertain et au point de vue de la viticulture, tout dépend, malgré cela, de la durée possible de ladite force parthénogénique, laquelle paraît pouvoir varier assez avec les conditions et les circonstances.

En effet, *si cette force peut persister pendant quatre années, ce temps suffira largement à la destruction des vignobles dans des contrées très-favorables à l'insecte*, tandis que, dans des régions moins propices au développement de celui-ci, la plante, attaquée par un moins grand nombre d'ennemis à la fois, pourra probablement résister plus longtemps. Il se pourrait peut-être que quelquefois la santé puisse revenir après l'extinction de la forme radicicole isolée ; même en admettant qu'un raccourcissement de la saison propre à la ponte, en épuisant moins vite la force reproductrice des pondeuses, puisse prolonger un peu la multiplication et la vie du parasite sous le sol.

Après ce bref exposé des diverses influences des conditions et circonstances sur les formes tant souterraines qu'aériennes du parasite, je ne puis faire autrement que de rappeler, en passant, la question 16 du chapitre III, que nous avons traitée plus haut, demandant s'il y a des raisons d'espérer que la maladie perdra d'elle-même de sa force avec le temps.

Nous avons dit qu'il fallait, dans les pays maintenant conquis, un concours bien rare de chances heureuses, pour permettre à une vigne sérieusement malade de ressusciter sous la double influence de circonstances, à la fois, défavorables au parasite et favorables à la plante bien plus délicate que ce dernier.

Le Congrès a eu raison d'affirmer que rien ne permet d'espérer que la maladie disparaisse d'elle-même, alors qu'il ne pouvait avoir égard qu'aux contrées actuellement atteintes où le Phylloxéra peut, par un cycle complet, soutenir toujours ses armées souterraines. Mais l'assemblée n'a pas eu, je crois, l'intention d'embrasser alors ou de prévoir, dans sa réponse, tous les cas futurs de la maladie se rencontrant en face de conditions nouvelles jusqu'ici difficilement appréciables.

En résumé, on connaît, sous l'influence des conditions propres aux vignobles actuellement infectés en Europe, deux éléments principaux de déviation dans le cycle normal du Phylloxéra : 1° une réduction, pour certaines localités, dans la production des ailés et conséquemment de l'œuf d'hiver à l'air libre ; 2° une difficulté générale dans la formation de la galle sur les feuilles indigènes et, par là, une invasion plus hâtive des racines par les descendants directs mais en moins grand nombre des sexués. Cependant, cet état de choses peut n'être que temporaire et il manque, comme nous l'avons dit, bien des données d'observations sur plusieurs points encore obscurs pour que l'on puisse dès à présent préjuger de l'avenir.

Devons-nous désirer qu'en se confinant de plus en plus dans le sol le parasite rende la maladie plus facilement localisable, bien que peut-être plus intense ; ou bien faut-il souhaiter, au contraire, qu'en revenant à diviser ses forces entre les racines et la végétation aérienne, l'insecte rende peut-être la maladie plus supportable, quoique plus facilement diffusible ?

L'aire géographique dans laquelle l'insecte peut se reproduire, sous toutes ses formes et dans une proportion suffisante, sera-t-elle aussi étendue que celle de l'existence de la vigne produisant en grande culture ; ou bien, en se rapprochant du nord, la maladie perdra-t-elle, dans ses divers éléments, assez de force pour que la plante puisse résister et, avec des soins, survivre peut-être à l'insecte dévastateur peu à peu affaibli ?

CHAPITRE V

Époques les plus propicés pour combattre le parasite destructeur.

Le but de ce chapitre du programme était de déterminer autant que possible les époques, tant de l'année que du développement de l'insecte, pendant lesquelles l'intervention de l'homme peut être la plus facile et la plus efficace. C'est ici surtout que le Congrès devait faire appel aux données de la science sur les mœurs et les agissements variés de l'insecte dans diverses conditions.

Bien que l'on eût pu croire la biologie du Phylloxéra parfaitement établie jusque dans ses moindres détails, l'assemblée ne put cependant pas donner toujours sur ce point des réponses péremptoires à toutes les questions proposées à son examen. Grâce à la facilité avec laquelle le parasite peut modifier ses allures suivant les circonstances, il manquait souvent dans la discussion des données suffisamment comparables, soit sur l'habitat de l'insecte à différentes époques, soit sur la durée des stages de celui-ci sur les diverses parties de la plante. Il était difficile de déterminer d'une manière générale le moment opportun pour livrer toujours et partout la bataille avec le maximum de chances heureuses.

Tout le monde sait maintenant que la présence du Phylloxéra sur les racines de la vigne se traduit d'ordinaire à certains symptômes tant extérieurs que souterrains, et que la maladie, résultat de celle-ci, offre diverses phases ou degrés qui, selon les conditions, se succèdent plus ou moins rapidement et, dans diverses régions, amènent plus ou moins vite au dépérissement puis à la mort.

Il est rare que l'invasion des racines d'une plante puisse être reconnue extérieurement dès la première année. Aussi n'est-ce malheureusement, le plus souvent, que lorsque la maladie est déjà assez grave et étendue que l'homme se voit appelé à prendre les armes et à défendre son bien déjà sérieusement compromis.

A partir de la seconde année, la maladie peut, suivant les conditions plus ou moins favorables à l'insecte ou au contraire propices à la vigne, cheminer plus ou moins rapidement. On a vu certains vignobles, dans le midi, succomber en deux ans ; ailleurs certaines vignes ont résisté pendant cinq ou six ans, parfois même davantage.

Dans les conditions ordinaires de nos principaux vignobles, en Suisse, il semble qu'il faille en moyenne quatre ans au parasite pour tuer une plante ; toutefois, dans une même contrée, cette durée pourra être sensiblement abrégée ou allongée, soit par l'âge ou la force des ceps attaqués, soit par la nature même du terrain qui, selon qu'il sera plus ou moins compacte, accumulera plus ou moins les générations du parasite sur un point, ou permettra au contraire à celles-ci de se répandre plus facilement sur les racines des souches avoisinantes.

Je n'ai pas à décrire les *renflements jaunâtres* qui, d'abord sur le chevelu quasi superficiel, puis, de plus en plus profondément, sur les pousses des radicelles, naissent sous l'action de la piqûre et de la succion du parasite radicicole[1]. On connaît assez ces nodosités morbides qui sont, pour nos vignes indigènes, les premiers, les plus frappants et les plus probants symptômes de la maladie.

Si je ne voulais m'adresser ici qu'aux viticulteurs des contrées infec-

---

[1] Ces renflements morbides des pousses du chevelu sont, on le sait, jaunâtres à l'état frais, puis brunâtres lors de leur décomposition. Il y en a qui mesurent jusqu'à un ou même deux centimètres de longueur. Beaucoup sont plus ou moins recourbés en forme d'U.

tées, je n'aurais certes pas à rappeler le triste aspect des plantes attteintes par le Phylloxéra. On sait, en effet, comment, sous l'action du parasite, on voit successivement : d'abord le chevelu, principal organe nourricier et alors couvert de renflements, pourrir, périr, se dessécher et disparaître, puis les unes après les autres les racines de différente grosseur se tuméfier par places, montrer çà et là des ampoules, présenter des soulèvements de l'écorce qui s'en va par lambeaux, noircir, pourrir enfin, ou se dessécher et mourir. En même temps que les racines disparaissent, le développement extérieur de la plante diminue forcément aussi, et, tout autour des souches les plus anciennement attaquées et les plus malades, l'on voit baisser graduellement le niveau de la végétation en forme de *cuvette*[1]. Souvent, dès la seconde année, la pousse du bois paraît déjà moins forte ; les feuilles sont vertes cependant et la plante donne encore du raisin.

Dans la troisième année, chez nous et pour les vignes serrées à taille courte en général, le développement du bois est déjà très-réduit ; plus de raisin, les feuilles deviennent jaunâtres et rabougries. Enfin, après quatre ans, les souches sont le plus souvent dépouillées de toute végétation, mortes ou moribondes; elles forment, au milieu de la cuvette, une tache noire qui dénotera presque toujours la présence déjà ancienne du Phylloxéra, si, sur un espace généralement subcirculaire, elle est entourée de pieds de vignes d'autant plus souffrants et déprimés qu'ils sont plus près de ce centre.

La découverte de la maladie dans cet état est d'autant plus terrible que l'on peut être pour ainsi dire certain alors que de nouveaux foyers existent déjà dans le vignoble. Une inspection même superficielle des environs de la tache ne peut manquer de faire découvrir d'autres cuvettes plus ou moins profondes dans lesquelles le chevelu des ceps présentera les renflements jaunâtres ci-dessus indiqués comme premières preuves de la réalité du malheur.

J'ai parlé déjà, dans le chapitre précédent, des diverses formes du parasite et des agissements de chacune d'elles. Qu'il me suffise donc de rappeler maintenant en somme, qu'il y a, dans le drame terrible que joue annuellement à nos dépens et en divers lieux l'acteur microscopique arrivé d'outre-mer, deux scènes principales composées chacune d'un certain nombre d'actes susceptibles de se modifier selon les dispositions ou les exigences de chaque nouveau théâtre et dans lesquels le rôle de chaque acteur peut varier avec les circonstances.

La première partie du drame se passe sous le sol, la seconde à l'air libre; l'une représente les phases successives de travail et de repos des nombreuses colonies et garnisons laissées dans toute contrée conquise par le puceron victorieux; l'autre montre la marche progressive do l'armée conquérante, ses modes de transport et les moyens que le parasite emploie pour investir les places et y établir son empire.

Il est difficile de s'opposer à l'invasion d'un ennemi aussi dissimulé et

---

[1] Voyez, pour les caractères de la maladie, dans mon Rapport officiel de 1876 sur *le Phylloxéra dans le canton de Genève*, p. 38-41 et pl. II ; ainsi que ma notice intitulée : *Instructions sommaires à l'usage des Départements de Savoie et Haute-Savoie;* Chambéry, 1877, p. 7-10 et pl. fig. 4, 5, 6, 12 et 13.

insinuant que le Phylloxéra; encore si l'homme ne se prêtait pas de lui-même au transport de cet acteur dangereux qui voyage incognito et si, dans son ignorance, il ne venait pas, en poussant le cheval de Troie, favoriser à son insu l'investissement de la place à défendre.

Ce n'est malheureusement, la plupart du temps, qu'après quelques représentations que le propriétaire du théâtre s'aperçoit du danger et qu'il commence à s'effrayer des dégâts causés par la troupe qui a pris pied chez lui. Ah! s'il avait été averti, ce propriétaire, il se serait tenu sur ses gardes, il aurait demandé qu'on arrêtât la troupe à la frontière; ou bien, s'il avait pu assister à la première représentation, il serait de suite intervenu; à présent, hélas! il est déjà bien tard, le mal est fait chez lui, autour de lui, un peu partout.

L'homme doit chercher à pouvoir intervenir également dans l'une comme dans l'autre des deux parties de la pièce qui se joue aux dépens de sa fortune; aussi bien pendant les actes qui se passent à l'air libre que durant ceux qui se jouent sous le sol. Il doit poursuivre son ennemi dans ses places fortes et faire en même temps tous ses efforts pour anéantir ou décimer au moins les colons conquérants, ou bien avant leur départ, ou bien après leur arrivée, avant qu'ils aient réussi à fonder en terre leur nouvelle colonie.

L'intervention de l'homme peut se faire dans diverses circonstances et pendant trois des actes du drame, ou contre trois des formes du parasite; nous avons dit que nous devions jusqu'ici faire abstraction de la galle et jusqu'à un certain point de l'insecte gallicole.

On sait que la durée de l'essaimage varie beaucoup dans les diverses contrées; elle pourra s'étendre par exemple des derniers jours de juin aux premiers jours d'octobre, dans certaines régions favorables du midi, tandis qu'elle sera d'ordinaire réduite, depuis la dernière semaine de juillet, au mois d'août et de septembre seulement, dans des conditions analogues à celles de la Suisse. Il est connu également que l'époque de l'éclosion de l'œuf d'hiver sur le bois peut varier avec les localités, les années et les circonstances de la mi-avril à la mi-mai.

En somme, il y a deux choses très-différentes bien qu'intimement unies : (a) la *guérison* des vignes malades et (b) la *protection* des vignes saines encore. Quels seront, dans ces deux buts, les meilleurs *moments* pour agir et les meilleurs *moyens* à employer. Nous n'avons à nous occuper dans ce chapitre que des moments.

Il est évident que : *la meilleure intervention sera celle qui, à un moment donné, ou détruira à la fois les germes pernicieux souterrains et aériens, ou surprendra l'ennemi, alors que ses forces sont toutes concentrées sur un point plus facilement attaquable.*

Dès l'abord, le Congrès a constaté que, *pour chaque nouvelle contrée envahie, il semble y avoir une période d'incubation de la maladie pendant laquelle l'insecte multiplie d'abord et essaime moins que dans les anciens foyers d'où il est parvenu.* Cette période serait d'autant plus longue que la nouvelle région attaquée serait plus différente des précédentes, plus éloignée du côté du nord ou dans des conditions climatériques et de terrain moins favorables au parasite.

C'est donc, en tous cas, *pendant cette première période de maladie, pour ainsi dire latente, que l'on pourrait lutter avec le plus d'avantage.* Malheureusement, nous l'avons dit, la présence du parasite est d'ordinaire alors très-difficile à constater. Il faut, pour surprendre l'ennemi pendant sa première installation, une surveillance aussi entendue qu'incessante, et ce n'est que par l'examen répété du chevelu peu profond, qui tout d'abord présente des renflements lorsqu'il est attaqué, que l'on peut, au hasard et sans indices extérieurs, chercher les nouveaux foyers d'un an dans les vignes compromises ou menacées.

Dans certaines contrées, *les ouvriers,* qui chaque année remuent durant la belle saison le sol au pied de toutes les souches, pourraient peut-être, s'ils étaient instruits à cet effet, découvrir quelquefois ces attaques récentes quasi superficielles et permettre ainsi une défense plus opportune. Cependant, cette idée à recommander pour certains vignobles serait difficilement applicable dans beaucoup d'autres.

Nous verrons aussi, plus loin, que les ouvriers appelés tous les ans à relever et attacher la vigne pourraient également, avec un peu d'attention, reconnaître facilement les points d'apparence maladive et permettre ainsi une plus prompte découverte des attaques de 2e et de 3e année dans les régions où cette pratique culturale s'applique régulièrement.

Le Phylloxéra serait plus d'à moitié vaincu, si l'on découvrait un indice extérieur facile à reconnaître de ses atteintes dans la première année, et *une nouvelle découverte est d'autant plus utile à la défense qu'elle est faite plus longtemps avant l'époque de l'essaimage.* Si l'individu issu de l'œuf d'hiver montait chez nous aux feuilles, comme il le fait sur bien des vignes en Amérique, et si ses descendants ne gagnaient jamais la terre avant d'avoir vécu plus ou moins longtemps dans des galles, l'indice serait trouvé et l'on pourrait peut-être, en enlevant les feuilles attaquées, prévenir l'infection. Mais il n'en est pas ainsi, nous l'avons dit, et la constatation de l'arrivée du parasite avant l'invasion des racines ne peut jusqu'ici être faite que par la trouvaille toujours très-difficile de l'œuf d'hiver profondément caché sous les écorces du bois aérien.

Des colonies de Phylloxéras *radicicoles* ayant été parfois rencontrées, soit en hiver, soit plus souvent au premier printemps, à l'air, *sous l'écorce du bois de quelques souches, un peu au-dessus du collet,* on s'est demandé si cette circonstance ne pourrait pas donner peut-être une nouvelle direction aux traitements. Toutefois, le Congrès a été d'avis que de *semblables cas doivent être considérés comme faits inconstants dus à des circonstances tout à fait particulières* et que, puisque à la même époque il y a également des parasites sur les racines jusqu'à de grandes profondeurs, on ne pourrait guère tirer de cette intéressante observation une conclusion quelconque en vue des opérations particulières.

De nouvelles constatations de semblables stages de jeunes pondeuses aptères, sous les écorces au-dessus du sol, ayant été dernièrement faites en quelques lieux, dans le midi, et pareille circonstance pouvant paraître maintenant moins exceptionnelle qu'on ne le supposait d'abord, je ne crois pas devoir passer ici sous silence *l'importance de l'éventualité de colonies aériennes, en dehors de la belle saison, eu égard à la possibilité d'une réinfection par les individus ainsi échappé à des traitements uniquement*

*souterrains et en vue du choix des époques propices aux opérations cura-
tives.*

Deux considérations ont jusqu'ici, en France surtout, fait appliquer les
traitements toxiques souterrains de préférence dans l'arrière-saison ou
avant la reprise de l'activité au printemps : *le ralentissement de la circulation et par là la moindre délicatesse de la vigne, ainsi que l'absence sur la
racine d'œufs toujours beaucoup plus difficiles à tuer que l'insecte lui-même.*
Ces deux raisons des traitements hivernaux paraissent, il est vrai,
parfaitement justifiables ; toutefois, elles semblent tirer plutôt leur importance de la nature même et de l'action insuffisante des toxiques employés jusqu'ici que d'une particularité dans l'habitat ou d'une sensibi-
lité momentanée du parasite à cette époque. Dans l'idée généralement
admise que ce sont les gaz ou les vapeurs qui ont la plus prompte action
sur l'insecte, on doit évidemment, avec des toxiques trop rapidement
volatilisables, éviter d'agir pendant les chaleurs de la belle saison ; mais
est-on bien certain que le degré relativement inférieur de la température
du terrain et l'engourdissement relatif qui en résulte pour le parasite ne
constituent pas en même temps pour celui-ci des éléments de plus grande
résistance.

Ici se place une assez grave question qui n'a pas pu être résolue d'une
manière très-péremptoire par le Congrès : *y a-t-il ou non, avec les saisons, des migrations de l'insecte dans le sens vertical sur les racines.* En
d'autres termes : le froid, à l'approche de la mauvaise saison, ferait-il
descendre le parasite vers les racines plus profondes, tandis que le retour
de la chaleur avec la belle saison le rappellerait au contraire plus près
de la surface ; ou bien, le niveau de l'habitat en hiver paraîtrait-il seulement un peu plus bas, parce que, sous l'influence de la température plus
élevée dans la belle saison, tous les individus qui se trouvaient non loin
de la surface se seraient transformés en colons, qu'ils soient partis à l'état
d'ailés parfaits ou qu'ils soient parvenus seulement jusqu'à la forme de
nymphe.

*On a cité la trouvaille de radicicoles jusqu'à plus de trois mètres de pro-
fondeur dans certaines conditions,* et on a rencontré parfois des nymphes
sur des racines au-dessous même de cinquante centimètres. Cependant,
je n'en persiste pas moins à croire que, dans la majorité des cas, il y a
plutôt soustraction en été, par départ des individus les plus directement
exposés aux influences de la chaleur, que refoulement en hiver par le froid
de la surface vers les racines profondes. J'ai la plupart du temps trouvé
les nymphes sur les renflements ou sur les radicelles peu profondes, et
l'on sait qu'en hiver on ne retrouve plus guère dans le sol que de jeunes
individus radicicoles.

Du reste, *le Phylloxéra ne paraît pas beaucoup craindre le froid.* Il serait
beaucoup plus sensible à une chaleur exagérée, car on assure que insectes et œufs meurent infailliblement à $+50$ degrés. Au cœur même de
nos hivers les plus rigoureux, le parasite se rencontre abondamment déjà
à quinze ou dix-huit centimètres de profondeur, sur des racines de six à
dix millimètres de diamètre, et je l'ai trouvé en parfaite santé au centre
même d'une terre gelée et dure comme de la pierre. Le froid paraît avoir
peu de prise sur lui, lorsqu'il est en état d'engourdissement hivernal. Sous

terre, le Phyl. radicicole supporte longtemps l'action d'une température extérieure de 10 à 12 degrés au-dessous de zéro. On a vu également des Phylloxéras aptères vivre encore parfaitement, après avoir été fortuitement exposés deux heures durant, à l'air libre, à 6 ou 7 degrés de froid. On sait déjà que l'œuf dit d'hiver, protégé par d'épaisses tuniques, peut supporter des hivers assez rigoureux bien que suspendu à l'air libre sous l'écorce du bois. Il serait intéressant, nous l'avons fait remarquer, au point de vue de l'intensité future du fléau dans des régions plus septentrionales, de déterminer combien de degrés au-dessous de zéro peut supporter ce germe dangereux.

Quelques personnes pensent que *la pluie et l'humidité* font descendre le Phylloxéra vers les racines plus profondes. Il est vrai que parfois, après une pluie abondante, on trouve assez difficilement des parasites sur les racines superficielles, tandis qu'on en découvre plus facilement sur les racines plus sèches au-dessous. Mais, sans vouloir nier complétement la possibilité du transport de quelques individus, des jeunes plus alertes surtout, je dois cependant fair remarquer que la terre qui reste attachée aux racines humides empêche de voir les parasites embourbés, et que, très-souvent, il m'est arrivé de retrouver chez moi, après la dessication d'un fragment emporté, bon nombre d'insectes là où je n'avais rien pu voir auparavant.

J'attachais pour ma part, lors de la Conférence de Lausanne, et j'attache encore une grande importance, au point de vue des traitements, *à la période du développement des nymphes futurs ailés sous le sol.* Je voyais là le moment propice pour combattre le parasite destructeur en décimant, à la fois, les individus issus de l'œuf d'hiver descendus en terre à défaut de galle et les colons destinés à étendre les conquêtes de l'espèce avant leur départ.

Le Congrès, bien qu'admettant la justesse de l'observation, n'a cependant pas cru devoir concentrer toute son attention sur cette seule considération. Il n'a pas voulu voir dans l'attaque de l'ennemi à cette époque un moyen de lutter à la fois contre les phalanges souterraines et contre les émigrants prêts à partir. Reconnaissant qu'il est de grande importance d'empêcher la fuite des insectes ailés qui fournissent l'œuf d'hiver par les sexués, mais désirant aussi attaquer le parasite alors qu'il n'y a pas d'œufs dans le sol, il a cru plus sage de recommander les traitements aux deux époques. *Des opérations répétées durant les saisons hivernales et estivales doivent*, suivant lui, *se compléter d'une manière utile*, aussi longtemps qu'on n'aura pas trouvé un remède qui, d'une fois, détruise jusqu'au dernier tous les parasites, sous quelle forme qu'ils soient.

En traitant en hiver, on débarrasse la vigne malade d'un grand nombre de parasites et on lui permet de lutter plus facilement; *en traitant en été*, on entrave la colonisation et on protége ainsi plus ou moins les vignobles intacts du voisinage. Ajoutons que, *par des opérations sur la végétation aérienne*, on pourrait encore diminuer les chances de nouvelles infections.

Bien que pensant que, *vu la difficulté de constater la présence de l'œuf d'hiver sous l'écorce du bois, les traitements préventifs, décorticages, badi-*

geonnages ou autres, opérés sur la végétation aérienne de la plante dussent, la *plupart du temps, être appliqués plus ou moins au hasard*, le Congrès n'a cependant pas voulu décourager les efforts ingénieux qui se font en divers lieux dans cette direction. Je vais revenir sur cette opinion de l'assemblée ; mais, qu'il me soit permis de dire aux partisans du décorticage que : si l'on brûle sur place en hiver les écorces des souches raclées jusqu'au bois, en vue de l'œuf d'hiver, l'on ferait bien de brûler aussi, comme seconde opération préventive et avant l'automne, ainsi que je l'ai dit plus haut, soit les mauvaises herbes qui croissent entre les ceps, soit les débris, pousses ou feuilles que l'on enlève à la vigne.

C'est ici le moment de distinguer *deux sortes de traitements préventifs :* ceux opérés sur la végétation aérienne dans les places reconnues malades ou compromises et par là indispensables à certaines époques; et ceux pratiqués dans les vignobles censément sains encore, bien que plus ou moins menacés, soit par là hypothétiques ou souvent superflus.

Beaucoup de traitements divers ont dû à un réempoisonnement du sol par des germes aériens négligés sur leur emplacement d'avoir manqué leur effet et d'avoir paru, l'année suivante, tout à fait inutiles.

Nous avons parlé précédemment de l'importance de l'œuf d'hiver dans la question du soutien de l'espèce, et nous avons dit alors que les proportions diverses dans lesquelles ce produit de l'accouplement des sexués peut se trouver sous l'écorce du bois doivent influer beaucoup, en différentes contrées, soit sur la gravité relative de la maladie, soit sur le choix et le mode d'application des traitements. Nous pourrions rappeler encore ici ce que nous avons dit de l'éventualité de colonies de radicicoles, en dehors de la bonne saison, sur le bois de la souche.

Il est, je crois, de première importance, si l'on opère à une époque où des germes aériens peuvent se trouver dans la place en traitement, cela surtout dans les régions où l'œuf d'hiver est abondant, d'agir en même temps contre les insectes dans le sol et contre les germes pernicieux qui échappent et attendent à l'air pour regagner les racines.

Ceci m'amène peu à peu à reconnaître que : *l'époque la plus propice pour appliquer un remède victorieux des œufs, sous le sol, doit être celle où il n'y a pas de germes dangereux sur la végétation aérienne ; par conséquent, après la descente en terre des individus issus de l'œuf d'hiver et avant la fuite des ailés.*

Ce moment favorable, aussi longtemps que nos vignes européennes ne porteront pas de galles, *sera, pour des contrées dans des conditions moyennes analogues à celles de la Suisse, le mois de juin et la première moitié de juillet ;* un peu plus tôt ou plus tard, suivant que les régions atteintes seront plus méridionales ou au contraire plus septentrionales.

Tout traitement, même capable de tuer indistinctement insectes et œufs dans la terre, risquera forcément d'être entaché par réinfection, s'il n'est pas fait dans les conditions ci-dessus ou s'il n'est pas accompagné d'opérations aériennes préventives sur place.

Enfin, il sera toujours prudent, en opérant à l'époque que j'indique ici, de traiter également le sol de la vigne, tout autour des places malades, sur une zone de sûreté plus ou moins large déterminée par l'âge même du mal et les conditions de milieu.

Plusieurs questions ayant trait à la biologie de l'insecte ont été discutées dans les séances particulières de la section scientifique du Congrès. Le professeur Targioni, de Florence, qui a étudié plusieurs espèces du genre Phylloxéra, le professeur Planchon et M. Lichtenstein, de Montpellier, qui ont observé de près tous les agissements du parasite dans le midi de la France, le professeur Rœsler qui suit pas à pas le puceron en Autriche, le professeur Nœrdlinger, occupé du même sujet en Allemagne, enfin, l'auteur même de ce rapport, qui a fait quelques observations en Suisse, ont communiqué tour à tour bien des faits qui démontrent, soit l'influence des conditions de milieu, soit l'avantage que l'on pourrait tirer, eu égard aux traitements, de recherches biologiques circonstanciées et toujours comparables, dans des régions différentes. Voici, entre autres, le résultat intéressant, au point de vue de l'intervention de l'homme en été, de la confrontation d'observations sur la durée du développement de l'insecte ailé, faites dans des conditions relativement favorables, à Montpellier, à Vienne et à Genève. Depuis la ponte de l'œuf qui doit lui donner naissance, jusqu'à sa sortie de terre à l'état parfait, le Phylloxéra ailé emploie d'ordinaire, pour son développement sous diverses formes et par des mues successives, une durée susceptible de varier de 18 à 25 jours: dans l'œuf 7 à 9 jours (minimum exceptionnel 4 jours), de l'éclosion à l'apparition des rudiments d'ailes 5 à 6 jours, de cet état à la coloration noirâtre des moignons encore 5 à 6 jours environ, enfin, à partir de là jusqu'à la sortie de terre et à l'état parfait, 2 à 3 jours au plus. Bien que ce temps censément nécessaire à la transformation du parasite puisse servir comme de base ou de moyenne dans des conditions favorables, il ne faut cependant pas oublier, soit que certaines circonstances fortuites, atmosphériques ou autres, peuvent quelquefois ralentir un peu le développement de la nymphe dans le sol, soit que certaines influences pour ainsi dire anomales, l'absence d'une nourriture suffisante par exemple ou la captivité, peuvent au contraire précipiter les dernières phases de la métamorphose [1].

En somme : la détermination du moment exact le plus propice doit

[1] M. Lichtenstein, célèbre entomologiste, a rapporté à ce propos une très-curieuse expérience qu'il a faite à Montpellier et dans laquelle il a vu se transformer en ailé, après 25 jours, sur un morceau de racine enfermé dans un tube de verre, un jeune Phylloxéra qu'il avait pris dans une galle. Cette observation, bien qu'isolée jusqu'ici et reposant sur une intervention tout à fait anomale dans le cycle ordinaire des agissements et des métamorphoses de l'insecte, semble avoir cependant une très-grande importance et mériterait à juste titre d'être refaite avec soin et sur une plus grande échelle. En effet, elle paraît en complète contradiction avec ce que l'on sait de la fécondité et du nombre des tubes ovigères très-différents chez les Phylloxéras, suivant qu'ils sont encore dans la galle ou qu'ils sortent du sol comme ailés, après plusieurs générations sur les racines. Si l'ailé pouvait sortir directement de la galle sans passer par une station prolongée sur les racines et des transformations souterraines, le *Phylloxera vastatrix* pourrait alors fournir tout son cycle à l'air libre, et, heureuse hypothèse, en devenant entièrement aérienne, l'espèce deviendrait en même temps innocente pour la vigne. Hélas ! si l'Amérique a peut-être quelque chance de voir se former chez elle une race où une espèce purement épigée, l'Europe, ou mieux les vignobles indigènes du continent semblent jusqu'ici, bien au contraire, devoir attendre plutôt une espèce de plus en plus hypogée.

reposer sur une étude très-sérieuse, non-seulement des conditions et des circonstances locales, mais encore des époques de transformation et de la durée variable, soit de chaque forme du parasite, soit des stages variés de celles-ci, dans des régions différentes. Chaque contrée devrait avoir pour ainsi dire son *Calendrier phylloxérique*, pour pouvoir toujours agir ou intervenir au moment le plus favorable.

CHAPITRE VI

Recherche du meilleur traitement dans les diverses conditions et circonstances.

Ce chapitre dans le Programme était divisé en trois parties.

A. *Nécessité d'une entente générale.*

Le Congrès a été unanime à déclarer que *l'on ne peut pas espérer avoir raison du parasite, dans une région donnée, aussi longtemps que l'on ne traitera pas à la fois tous les points attaqués et que, par conséquent, la lutte doit être en même temps générale et soutenue.*

Toutefois, pensant qu'*un traitement, pour être bien entendu, devrait être pratiqué partout dans un même but et dans la même période du développement de l'insecte,* l'Assemblée a été forcée de reconnaître que des opérations générales et concourantes ne pourraient être faites, d'une manière sérieuse et profitable, qu'alors que l'on serait bien fixé sur le mode et les moments favorables à l'application dudit traitement en divers lieux.

B. *L'arrachage à divers point de vue.*

L'arrachage des vignes phylloxérées peut être considéré à deux points de vue également utiles, mais assez différents : d'abord, *comme moyen de préservation pour les vignes qui avoisinent un foyer condamné,* puis, *comme condition necessaire à la bonne reconstitution d'un vignoble détruit.*

Cependant, le Congrès a été d'avis que l'arrachage ne devrait pas être pratiqué dans toutes les circonstances, mais seulement dans les quelques cas particuliers suivants :

a) *Dans le cas d'un point d'attaque récent, restreint et bien délimité au sein d'un grand vignoble; surtout s'il est prouvé que l'insecte a été apporté par des voies artificielles et que le foyer connu le plus voisin est encore à grande distance.*

b) *Dans le cas de petites vignes, pépinières, treilles ou autres plantations isolées par d'autres cultures.*

Eu égard à la préservation des vignobles voisins, le Congrès a déclaré
qu'il était important, dans tous les arrachages, *de brûler immédiatement
et sur place tant le bois que les racines extraites et de désinfecter les échalas.*
En outre, pour purifier la terre, soit en vue d'une reconstitution future,
soit encore pour la protection du voisinage, l'Assemblée a été d'avis qu'il
fallait pratiquer aussi, le plus vite possible, *une désinfection puissante du
sol miné, au moyen de préparations diverses pouvant dégager, ou du sulfure de carbone, ou d'autres gaz ou vapeurs toxiques.*

Qu'il me soit permis de recommander ici, comme un désinfectant
énergique du terrain, les oxysulfures de calcium (marcs de soude) que
nous avons jusqu'ici employés avec grand avantage dans nos derniers arrachages à Genève.

Ajoutons qu'il faut toujours, même après les extractions les mieux
faites, *une surveillance constante sur les minages, pendant deux ans au
moins, pour découvrir à temps toute repousse signalant la présence de débris de racines capables d'héberger encore des germes dangereux, et détruire
immédiatement ces fragments de vigne oubliés dans le sol.*

J'ai trouvé, à Pregny, des nymphes prêtes à se transformer en insectes ailés sur de petits fragments de racines oubliés dans le sol depuis dix
mois, bien que le terrain ait reçu deux couches et une couverture de
chaux d'épuration. M. Gaston Basille raconte que l'on a trouvé des
Phylloxéras vivants sur un morceau de racine enfoui dans un minage
depuis trois ans. Enfin, l'automne passé (1877), M. J. Roulet, chargé des
travaux phylloxériques dans le canton de Neuchâtel, a observé également, sur des racines de vigne oubliées, de nombreuses colonies du parasite dans le sol d'un champ livré à la culture des pommes de terre, où
il avait appris que la petite pépinière qui infecta Trois-Rods près Boudry
avait séjourné jusqu'à l'année précédente. *Il ne faut pas croire qu'il n'y
a plus de danger parce que l'on ne voit plus de vigne.*

Deux considérations principales semblent avoir pesé sur l'opinion du
Congrès, dans sa détermination des cas désignés pour l'arrachage. D'un
côté, *l'importance toujours croissante des frais énormes* nécessités par ce
procédé dans les régions fortement contaminées, diverses parties de la
France en particulier; de l'autre, la menace constante de l'*inutilité des
sacrifices, hors des cas ci-dessus désignés,* pour peu que la maladie ait pu
passer inaperçue sur quelques points du voisinage. Or, nous avons vu
combien il est difficile de reconnaître à temps les attaques de première,
voire même quelquefois de seconde année.

En un mot, l'arrachage ne peut guère être conseillé aux contrées viticoles déjà envahies sur de très-grands espaces et où depuis quelques
années l'insecte a pu se répandre au loin par les voies naturelles. Cette
mesure radicale et coûteuse doit être réservée pour les attaques récentes
bien délimitées et sûrement dues à des apports commerciaux, dans des
régions encore très-distantes des grands centres phylloxériques.

*La preuve d'un apport par le commerce, surpris à temps, peut donner
l'espoir que le point malade est encore isolé et qu'en le détruisant on
pourra replacer de nouveau d'assez grands espaces entre soi et les phalanges qui progressent par les voies naturelles.* Cette confiance serait singu-

lièrement amoindrie s'il était prouvé que l'insecte est arrivé de lui-même par la voie aérienne, et qu'il peut, par conséquent, ou exister déjà sur d'autres points ignorés ou revenir bientôt de la même manière.

La présence du mal n'étant souvent constatée qu'alors que l'insecte a déjà pu essaimer dans le voisinage, il a été généralement admis que, dans tout arrachage au sein d'un vignoble, il était prudent de détruire la vigne bien au delà de la partie apparemment malade. Soit en vue de la diffusion souterraine, soit surtout eu égard à la possibilité de récentes colonies fondées sur le pourtour par des insectes ailés, *on a toujours compris dans l'espace condamné une zone de sûreté plus ou moins large, dans l'idée d'embrasser ainsi le plus possible de foyers encore latents.*

Il est évident qu'un examen sérieux de la vigne contaminée, voire même des radicelles peu profondes des ceps jusqu'à grandes distances autour de chaque foyer reconnu, pourra faire découvrir bien des attaques récentes non encore visibles à l'extérieur et donner ainsi une idée de l'extension probable de la maladie; toutefois, l'éventualité de transports plus lointains, par les vents ou de toute autre manière, laissera toujours forcément, dans la détermination de ladite ceinture de prévoyance, une forte dose d'inconnu.

La largeur de la zone de sûreté, tout arbitraire qu'elle puisse être, pourra cependant varier beaucoup, dans différents cas d'arrachage. En effet, pour qu'elle puisse justifier la part de sécurité qu'on en attend, *il faut qu'elle soit déterminée par des recherches sérieuses, soit sur l'aire souterraine occupée par l'insecte, soit sur l'âge du mal et les conditions tant orographiques que climatériques et de terrain de la localité.*

Nous verrons plus loin, dans le chapitre de la reconstitution des vignobles détruits, qu'*il ne faut pas replanter de la vigne sur un minage même intoxiqué avant trois ou quatre ans*, parce que des insectes pourraient subsister encore, ainsi que nous l'avons dit, sur quelque débris de racine égaré et ainsi réempoisonner bientôt le nouveau vignoble. Nous verrons également qu'*il ne faut pas livrer les terrains minés à des cultures, autres que la vigne, assez serrées pour empêcher la surveillance sur les repousses.*

Mais, il est un dernier point sur lequel je désire attirer ici l'attention et qui résulte d'une conversation particulière que j'ai eue avec le professeur Rœssler, lors de la visite du Congrès aux vignobles phylloxérés de Colombier. Il a été d'usage jusqu'ici, en Suisse, dans les cantons de Genève et de Neuchâtel, de faire subir en été un traitement toxique préalable aux vignes condamnées à l'arrachage, pour empêcher autant que possible l'essaimage avant le minage plus volontiers pratiqué durant l'hiver. Or, pour faciliter l'application dudit traitement dans nos vignes généralement serrées, on coupait au ras de la terre les ceps condamnés et, par cette opération, en dénudant un sol qui, malgré le traitement, pouvait contenir encore des germes de colonisation dangereux, on favorisait probablement la diffusion plus lointaine des ailés, peut-être échappés au toxique alors qu'ils étaient à l'état d'œuf. *Le moindre vent passant sur ce terrain nu doit pouvoir emporter jusqu'à l'extrémité de la zone de sûreté des colons, qui autrement seraient peut-être restés sur les souches voisines destinées au feu destructeur de l'hiver.*

Peut-être serait-il préférable dans les quelques cas réservés à l'arrachage, de remplacer les opérations de coupage, et le traitement estival, jusqu'ici rarement complétement victorieux, ou par des injections souterraines d'*un toxique capable de tuer à la fois plantes et insectes* dans toute la surface condamnée, avec le sulfure de carbone à haute dose, par exemple, ou par un traitement toxique des points reconnus phylloxérés seulement et une couverture un peu épaisse de toute la superficie suspecte avec des oxysulfures (beaucoup plus puissants que la chaux), cela *en laissant toujours sur pied les souches jusqu'à l'hiver.*

C. *Divers remèdes.*

La question 67 du programme était ainsi conçue :
Peut-on confier une partie de la lutte générale à des remèdes autres que des toxiques : à la submersion automnale prolongée, aux plantes intercalaires répulsives ou attractives, aux ennemis naturels du parasite, ou aux engrais?

Après mûre délibération, il fut répondu comme suit à ces quatre points différents :

a) *A la submersion automnale prolongée :* Oui, dans des conditions exceptionnelles. Ceci revient à dire que le maintien sur le sol d'une couche de cinq centimètres d'eau environ, pendant 40 à 50 jours au moins, comme le pratique M. Faucon dans certaines contrées basses et plates du midi de la France, peut bien permettre à la vigne de subsister et de produire, aussi longtemps que l'on pourra renouveler chaque année ce genre d'opérations ; mais que bien peu de vignobles, en différents pays, se trouvent dans les conditions indispensables à ce mode de traitement. Quelques expériences ont malheureusement prouvé que, soit par le fait d'individus ou d'œufs échappés dans le sol au traitement [1], soit par suite de la présence de quelques œufs d'hiver sur le bois au-dessus de l'inondation, ce remède énergique demandait, comme d'autres, à être assez souvent répété.

b) *Aux plantes intercalaires répulsives ou attractives :* Non. Le Congrès a très-vite rejeté cette idée. Il a récusé les plantes censément répulsives par leur odeur, comme le chanvre, l'ail, le lupin, la belladone, la valériane, le pyrèthre, la camomille, etc., comme n'ayant donné jusqu'ici aucun résultat satisfaisant, et il a démontré que c'est seulement à des erreurs dans la détermination de l'espèce du parasite qu'il faut attribuer la soi-disant propriété attractive de quelques autres, le maïs rouge, par exemple, et tout particulièrement le fraisier-ananas qui d'abord a été censé attirer à lui tous les Phylloxéras, puis plus récemment porter au contraire abondamment un terrible ennemi du parasite de la vigne.

c) *Aux ennemis naturels du Phylloxéra :* Non. Les observations n'ont pas paru jusqu'ici suffisantes pour que l'on puisse accorder une importance réelle au système de défense par les ennemis naturels, bien que celui-ci ait actuellement de vaillants et illustres partisans, en Allemagne

---

[1] Les expériences du professeur Balbiani ont prouvé que les œufs pris à un certain point de développement peuvent résister à la submersion.

et dans le Nouveau Monde[1]. On a mis en avant soit en Amérique, soit en Europe, une foule de petits insectes et d'arachnides, plus particulièrement d'Acariens qui, les uns à l'air libre, les autres dans la terre, peuvent s'attaquer au Phylloxéra, tantôt à l'état d'ailé ou de gallicole sur les feuilles et le bois, tantôt sous la forme de radicicole sur les racines. Au nombre des ennemis surtout aériens du Phylloxéra on a cité : parmi les Coléoptères des *Scymnus* et des larves de *Coccinella*, parmi les Diptères des *Syrphus* et des larves d'*Hémérobes*, parmi les Hyménoptères des *Aphidius* et des *Crabronites*, et bien d'autres. Enfin, on pourrait ajouter aussi, comme contribuant à la destruction du Phylloxéra ailé, quelques espèces d'*Araignées* qui tendent de nombreuses toiles dans les vignes et arrêtent ainsi une certaine proportion de colons, soit à leur départ, soit à leur arrivée.

Pour ce qui est des ennemis souterrains du parasite radicicole, l'observation étant naturellement assez difficile, les citations sont jusqu'ici moins nombreuses ; on signale cependant quelques Hoplophorides qui se rencontrent également dans les deux continents et plus spécialement l'*Hoplophora arctata*, ainsi que quelques Acariens tyroglyphes, et avant tout le petit Acarus blanchâtre que Riley a nommé *Tyroglyphus phylloxeræ* et auquel Planchon a rattaché une forme d'*Hypopus* particulière.

Des observations rapportées au Congrès aucune n'était assez concluante pour faire peser la balance du côté de l'un quelconque de ces prétendus auxiliaires de l'homme. S'il est prouvé que telle ou telle des espèces déjà citées, ou plus récemment découvertes, peut s'attaquer au Phylloxéra dans certaines conditions, il n'est pas démontré cependant qu'elle se nourrisse assez exclusivement de ce puceron pour lui faire une guerre assez acharnée et soutenue. Ce premier point même étant admis, *comment favoriser un développement suffisant du petit carnassier auquel on voudrait confier le soin de la défense de nos vignobles*, et comment supposer qu'une espèce quelconque pourrait jamais consommer assez complètement celle qui doit lui servir de nourriture, pour arriver ainsi à se détruire elle-même. N'est-ce pas un cercle vicieux dans lequel chacun tour à tour sera forcément appelé à reprendre le dessus.

d) *Aux engrais :* Non. Il a été reconnu, en effet, que les engrais, même les plus puissants, ne peuvent pas guérir une vigne infectée. Indifférents au parasite, ils ne peuvent pas empêcher celui-ci de s'attaquer à un cep, fut-il même des plus robustes et dans les meilleures conditions ; tout au plus pourront-ils soutenir un peu, mais tout à fait temporairement, une plante attaquée.

Il est important que nos vignerons ne se confient pas trop dans la riche fumure de leurs vignes ; car j'ai trouvé moi-même, à plusieurs reprises, soit des Phylloxéras en parfait état, soit de superbes renflements morbides des radicelles, au sein même de gros amas de fumier, dans le sol au pied de bien des souches.

A la suite de l'observation dont j'ai parlé, de l'influence entravante des sols sablonneux sur la progression du parasite dans certaines ré-

---

[1] En particulier, le professeur Riley, en Amérique, et le Dr Blankenhorn, en Allemagne.

gions, quelques personnes ont cru devoir recommander *l'ensablement des vignes*, comme mesure de protection et de guérison. Encore ici, je pourrais raconter que j'ai trouvé de beaux renflements couverts d'insectes développés au milieu même d'un sable très-fin mis, pour en faire l'essai, jusqu'à une assez grande profondeur tout autour de quelques ceps infectés. Mais il serait inutile de discuter ici un procédé de traitement qui ne saurait être appliqué que dans des conditions tout à fait exceptionnelles.

On a parlé aussi de la *non culture* des vignobles, comme d'un moyen de salut ; toutefois, l'on sait comment la vigne dépérit bientôt lorsqu'elle est envahie par une végétation étrangère, et je ne puis voir dans ce moyen de défense qu'une réduction dans les transports par les pieds et les herbes dont j'ai parlé plus haut, soit peut-être une moins rapide extension de la maladie par les voies artificielles autour des centres.

J'ai déjà parlé des *cultures à larges espacements et à grands développements*, comme pouvant retarder la diffusion de l'insecte par le sol, ou prolonger un peu l'existence de la plante. Mais, de même que la plantation des *vignes américaines*, ces procédés de lutte ne peuvent être pris en considération qu'au point de vue de la reconstitution des vignobles et nullement comme remède à porter aux vignes malades.

S'il était prouvé que l'*œuf d'hiver*, dans une certaine proportion, peut se trouver sur le bois de l'année, il ne serait pas inutile, comme mesure de précaution, de *tailler* toujours les vignes en arrière-automne et de *brûler* sur place les sarments enlevés dans les vignobles directement menacés.

Nous avons dit, plus haut, quelques mots du *décorticage* avec ou sans *badigeonnage* subséquent, en vue de la destruction des germes dangereux déposés à l'air libre sur le bois [1]. Nous avons fait remarquer que, vu la difficulté de la découverte de l'œuf d'hiver sous les écorces, ces traitements préventifs seraient la plupart du temps faits à peu près au hasard, toutes les fois qu'ils seraient appliqués en dehors d'un certain périmètre autour des points reconnus malades. La même objection peut être faite au traitement extérieur par l'*échaudage*.

Enfin, il semble que l'on puisse, soit sur l'emplacement même des traitements souterrains, soit sur une large zone de sûreté dans le pourtour de ceux-ci, ou dans des places malades trop tard constatées, essayer d'une autre opération préventive, plus rapide et peut-être moins coûteuse, au moyen de l'*acide sulfureux anhydre* qui, pulvérisé à l'air libre sous sa propre pression, peut, en brûlant au loin les feuilles durant l'essaimage, détruire ainsi bien des ailés ou des œufs de ceux-ci. La même application, faite plus directement sur le bois, pourrait probablement aussi avoir un bon effet contre les œufs d'hiver.

Toutes ces opérations aériennes, plus ou moins efficaces, nécessaires sur les foyers d'infection reconnus et dans un certain rayon tout autour, seront, je le répète, tout à fait aléatoires en dehors de ce dernier. Cependant, aussi longtemps que l'on n'a pas trouvé un toxique qui, par une application

---

[1] M. *Sabaté* a inventé un gant à mailles d'acier et un archet qui, en permettant un facile décorticage, tant de la vigne que d'autres végétaux, peuvent rendre ainsi d'éminents services à l'agriculture.

estivale souterraine, puisse prévenir la colonisation et par là empêcher
la production de l'œuf dit d'hiver, on ne doit pas, je crois, refuser une
certaine faveur à des procédés préventifs qui, en cherchant à atteindre les
formes aériennes du parasite, peuvent quelquefois donner d'assez bons
résultats, ne fût-ce qu'en débarrassant les souches de beaucoup de parasites tant végétaux qu'animaux [1].

Ainsi peu à peu, et toujours après mûre délibération, le Congrès s'est
vu forcément acculé sur le terrain des *traitements par toxiques introduits dans le sol*.

Dès l'abord, il a été constaté qu'aucun des remèdes employés jusqu'ici
n'a jamais donné de résultats assez complétement efficaces pour que de
nouvelles applications ne soient pas toujours plus ou moins vite indispensables. Ensuite, le Congrès a reconnu que, pour avoir quelque chance
de succès, *tout traitement souterrain, quel qu'il soit, doit être toujours pré-
cédé, dans chaque localité, de recherches attentives en égard aux influences
climatériques sur l'insecte, d'une étude approfondie de la nature ainsi que
de la perméabilité du sol, et d'une détermination exacte de l'état aussi bien
que de l'enracinement de la plante.*

*Un traitement toxique souterrain, pour être victorieux, doit pouvoir at-
teindre partout et en dose suffisante le parasite, jusqu'à de grandes profondeurs, comme sur les moindres racines, et conserver son efficacité assez
longtemps sous le sol pour tuer encore, quelque temps après son application,
tous les individus issus des œufs qui auraient pu échapper.*

D'après ce que nous avons dit, vers la fin du chapitre précédent, des
époques les plus propices à l'application des traitements, il faudrait ici
ajouter : *Un traitement souterrain quelconque ne sera complétement victorieux qu'à la condition d'être appliqué alors qu'il n'y a pas de germes à
redouter sur la végétation aérienne, ou accompagné d'opérations préventives aériennes sur le même emplacement en vue de ces derniers.*

Cinq principales conditions doivent donc être remplies par un traitement, dans une localité et un terrain donnés : *action mortelle* sur le parasite sous diverses formes, autant que possible *innocuité* pour la plante,
diffusion facile et étendue, *persistance* dans le sol, enfin, *prix de revient*
acceptable eu égard à la valeur du vignoble.

Toutefois, même avec ces qualités, *un remède excellent dans un terrain
donné pourra être tout à fait inutile dans un autre*. A côté des difficultés
physiques à vaincre, différentes dans diverses localités, il y a aussi les
difficultés chimiques provenant des différentes combinaisons possibles
dans des terrains variés.

On a proposé jusqu'ici en divers lieux une foule de toxiques différents
qui, presque tous, ont dû pour une raison ou pour une autre être successivement rejetés. On a reconnu que l'insecte est plus facilement atteint
par les *émanations gazeuses* que par le contact même des liquides plus
difficile à obtenir, et, après bien des essais aussi infructueux que variés,

---

[1] Les partisans de la lutte par les *ennemis naturels* peuvent objecter au *décorticage* que cette opération doit détruire du même coup. avec les germes dangereux,
bien des auxiliaires à ménager.

on est enfin arrivé à chercher surtout le remède parmi les divers composés du *soufre*, agissant d'une manière toxique ou corrosive quelconque sur le parasite.

Je ne veux pas ici donner la liste des toxiques qui, par centaines, ont été tour à tour préconisés, puis repoussés, pas plus que je ne veux discuter les résultats, très-souvent contradictoires, obtenus en divers lieux par les remèdes qui, après la défaite de tant d'autres, sont maintenant restés debout.

Le *sulfure de carbone*, incontestablement mortel pour l'insecte, sert maintenant de base toxique dans la plupart des traitements. Les uns, à l'imitation du baron Thénard qui, dès 1869, eut l'idée de se servir de cette matière, l'appliquent seul, au risque de tuer la vigne par un dosage mal étudié; les autres, sur la recommandation faite en 1874 par le savant prof. Dumas, l'emploient sous la forme moins dangereuse de *sulfo-carbonates alcalins*, et de préférence avec la *potasse* que l'on sait être le plus puissant auxiliaire de la plante malade.

Divers procédés sont employés pour introduire plus ou moins facilement et profondément le remède dans le sol : ou bien on se sert de *pals distributeurs* de diverses formes, pour injecter le toxique au sein même du terrain ; ou bien, en pratiquant des *arrosages* à doses étudiées, on se sert de l'eau comme véhicule pour porter le remède aux racines. Ou bien encore, en renfermant le toxique dans des corps solides qui lentement le laissent échapper, on place mécaniquement le sulfure entre les racines mêmes de la plante, soit avec de petits cubes, soit avec des poudres ou des sables siliceux qui en sont imprégnés.

M. Terrel des Chênes propose d'établir dans les vignobles un système de drainages particuliers, pour permettre d'envoyer dans le sol toute espèce de toxique, aussi souvent que cela pourra être nécessaire, sans avoir à renouveler chaque fois les immenses dépenses de la main-d'œuvre [1].

La science et la pratique, en travaillant d'un commun accord, sont petit à petit arrivées à des combinaisons et à des modes d'application de plus en plus parfaits. Cependant, bien des considérations et des circonstances rendent trop souvent inutiles ou insuffisants ces efforts aussi louables que soutenus.

On sait avec quelle énergie et quelle activité méritoires bien des hommes illustres, en France et ailleurs, se sont voués à la recherche du traitement qui pourrait rendre la santé aux vignobles attaqués et ainsi la prospérité aux contrées envahies. Chaque mode d'application différent a ses champions et tour à tour, selon la durée du succès apparent dans des conditions variées, ses admirateurs ou ses détracteurs. On sait, par exemple, comment, sous l'impulsion de l'Académie des sciences, le prof. Mouillefert poursuit depuis plusieurs années les essais de guérison par les sulfocarbonates alcalins, surtout en arrosages [2]. Il est également

[1] *Le Phylloxera. Solution dernière par le drainage et l'échaudage.* Paris, 1877.

[2] D'après les dernières données du professeur Mouillefert, l'on pourrait obtenir maintenant dans le commerce le sulfocarbonate au prix relativement très-réduit de 60 fr. les 100 kilogr., et, grâce au travail d'ingénieuses machines, le coût d'un traitement par arrosage, avec l'eau, reviendrait à un minimum très-abordable de 240 fr. par hectare environ, si l'on fait usage du grand modèle de ces machines.

connu de tout le monde que la Compagnie du Paris-Lyon-Méditerranée, sous la direction de M. l'ingénieur de la Molère, s'offre à traiter, par injections de sulfure de carbone avec le pal, tous les vignobles à portée des lignes ferrées qu'elle dessert [1].

Des sociétés tendent à se former, en divers lieux, pour l'exploitation de tel ou tel procédé et la désinfection à forfait de toute vigne malade. Bientôt le viticulteur attaqué n'aura plus qu'à lever le doigt pour voir accourir une foule de défenseurs. Mais, malheureusement, toutes ces facilités n'augmentent pas, quant à l'action du remède lui-même, les chances d'efficacité complète dans des conditions différentes. Comme nous l'avons dit, le même toxique et les mêmes procédés ne peuvent pas être employés toujours et partout avec le même succès. Après avoir été plus ou moins étouffé pendant quelque temps, *le mal finit généralement par reprendre le dessus.*

La trop prompte volatilisation des toxiques maintenant préconisés et la résistance de bien des œufs du parasite à une action trop brève dans le sol sont encore, comme elles l'ont été jusqu'ici, des causes, hélas! trop fréquentes de non-réussite ou de victoire plus ou moins incomplète. Il faut souvent recommencer, pour détruire les insectes menaçants issus des œufs échappés au premier traitement. Même en supprimant, dans les cinq conditions proposées plus haut, soit ce qui a rapport *au prix de revient* d'un traitement, bien que ce soit une considération de première importance eu égard aux valeurs très-différentes des vignobles à traiter, soit tout ce qui tient aux études préalables à faire pour le *dosage des toxiques*, en vue de l'action sur l'insecte et de l'innocuité pour la plante, on se trouve encore en face de difficultés jusqu'ici insurmontables, pour ce qui a rapport à une diffusion et à une persistance suffisantes du remède dans le sol.

M. Rohart, en France, s'est, il est vrai, beaucoup préoccupé de la question de la persistance. Toutefois, les *cubes* divers de cet ingénieux et persévérant inventeur me paraissent encore ne résoudre qu'à moitié la question ; ils accroissent peut-être la durée de l'action dans le sol, mais c'est aux dépens, je crois, de la diffusibilité et de l'énergie toxique nécessaires [2]. On peut faire, semble-t-il, les mêmes objections aux diverses poudres et aux sables saturés de sulfure de carbone essayés, dans ces derniers temps et en divers lieux, avec plus ou moins de succès.

Peut-être pourrait-on utiliser le sulfure de carbone, plus dangereux pour les plantes et trop volatil en été, pour des traitements hivernaux, alors qu'il y a peu ou pas d'œufs, et conserver le sulfocarbonate de potasse, riche en principes régénérateurs des racines, pour des applications estivales; cela en étudiant toujours auparavant les doses favorables. Si l'on ne traitait qu'en été, il semble qu'il faudrait, en vue des œufs, deux

---

[1] La Compagnie du Paris-Lyon-Méditerranée livre dans ses gares le sulfure de carbone au prix de 50 fr. les 100 kilogr. et indique qu'il faut d'ordinaire employer un kilogramme pour dix ceps, ce qui fait revenir à cinq centimes le coût du toxique pour un pied de vigne. Le pal injecteur vaut 36 fr., et un homme devrait traiter environ 500 ceps par jour, dans de bonnes conditions.

[2] Les nouveaux cubes gélatineux de Rohart, préférables à ceux en bois, doivent renfermer 10 grammes de sulfure de carbone pour le prix de 2 centimes.

opérations, à quinze jours de distance environ, aussi longtemps que l'on n'aura pas un remède innocent pour la plante qui détruise d'un seul coup aussi bien l'œuf que l'insecte.

Dans le cas de grandes infections trop tard reconnues et constituant un danger imminent, il ne serait pas mal peut-être d'appliquer quelquefois un remède qui tue du même coup et rapidement la plante et le parasite, le sulfure de carbone, entre autres, appliqué à haute dose.

En somme, une seule application quelle qu'elle soit des remèdes connus ne peut pas jusqu'ici suffire à détruire complétement tous les germes dangereux à différentes profondeurs, et, comme l'a déclaré le Congrès, *il faut avoir recours à des traitements répétés*, après étude consciencieuse de toutes les conditions locales, tant atmosphériques que de terrain. Reconnaissant donc que les remèdes actuellement en usage ne peuvent guère être considérés que comme des palliatifs plus ou moins puissants (parfois même dangereux faute d'études préalables), le Congrès a cru ne devoir patroner aucun des procédés jusqu'ici préconisés. L'intention de l'assemblée, dans cet aveu raisonné d'impuissance relative, n'a certes pas été de diminuer en rien les éloges dus aux efforts méritoires tant passés que présents.

La pensée dominante semble avoir été bien plutôt qu'au lieu de faire parade de savoir et de prêcher une confiance trompeuse, il valait mieux proclamer franchement sa faiblesse et pousser courageusement vers de nouvelles recherches.

Pour n'être pas optimistes, ne soyons cependant pas pessimistes. On travaille activement de divers côtés, et l'on a droit d'espérer pour bientôt d'heureux perfectionnements dans les moyens de défense.

Tandis que l'administration gagnera du temps par une active et sévère surveillance sur le commerce, il faut que la science et la pratique, appuyées l'une sur l'autre, continuent leur études et leurs travaux, sans se contenter jamais de résultats incomplets.

Après la constatation peu consolante que nous venons de faire de l'insuffisance, dans la plupart des cas, des remèdes jusqu'ici préconisés et diversement employés, je suis heureux de pouvoir maintenant projeter sur ce triste tableau un rayon de lumière qui, bien que faible encore, peut cependant relever le courage des combattants et susciter quelque espoir d'une victoire possible dans l'avenir.

Je veux parler d'un nouveau remède, à l'essai pour la première fois à Genève pendant la session du Congrès de Lausanne.

Les actes dudit Congrès contenant déjà, à titre d'annexe, un bref rapport du professeur Targioni Tozzetti, de Florence, sur la visite que firent alors à la vigne en traitement par le procédé en question, les divers représentants des États réunis, je ne crois pouvoir mieux faire que de compléter ici, par quelques détails plus circonstanciés et des renseignements sur les résultats obtenus, les données forcément très-concises de l'honorable délégué de l'Italie.

D'accord avec la Société anonyme pour l'exploitation des brevets Raoul Pictet et Cᵉ, qui fabriquait et exploitait l'acide sulfureux anhydre (anhydride sulfureux) pour la production du froid, M. le prof. Denys

Monnier a fait dernièrement à Chambésy près Genève, en août, et à Talissieu dans le département de l'Ain, fin octobre, des essais de traitement contre le Phylloxéra au moyen dudit acide projeté dans le sol sous sa propre pression (trois à quatre atmosphères) et il semble jusqu'ici avoir parfaitement réussi.

Il est évident qu'il serait prématuré de conclure de deux expériences encore isolées à une victoire immédiatement généralisable et partout complétement suffisante.

L'affaire demande encore une étude approfondie, de sérieuses observations et un grand nombre d'expériences en diverses conditions. Il peut y avoir encore bien des difficultés imprévues à surmonter ; toutefois, si le principe est juste et si les constatations futures encore indispensables ne viennent pas contredire les résultats jusqu'ici obtenus, nous ne doutons pas qu'en modifiant savamment, selon les circonstances, les mélanges et les procédés d'application, l'acide sulfureux anhydre n'arrive peu à peu, entre les mains habiles de M. Monnier, à rendre en divers lieux de très-précieux services.

Tout en faisant mes réserves pour l'avenir, je me fais un plaisir de constater ici que, soit comme commissaire fédéral, soit comme expert nommé à la fois par la Classe d'agriculture de Genève et la Société exploitatrice, j'ai visité les deux champs d'expérience et qu'après y avoir vu le Phylloxéra en très-grande abondance, je n'ai plus rencontré cet hiver aucune trace de l'insecte sur un très-grand nombre de racines examinées.

L'acide sulfureux anhydre qui, employé seul, a suffi à tuer insectes et œufs dans le terrain compacte et marneux de Chambésy, n'a cependant pas eu la même action dans les cailloutis calcaires et très-accessibles à l'air de Talissieu. M. Monnier a bien vite reconnu qu'en se transformant d'abord avec l'oxygène de l'air en acide sulfurique, puis bientôt en sulfate de chaux, l'anhydride sulfureux perdait presque immédiatement toute son activité. Toutefois, sans se laisser décourager par l'influence prépondérante du terrain, l'ingénieux opérateur a repris ses expériences sous une nouvelle forme dans les éboulis du Bugey, et il a obtenu dernièrement les mêmes résultats qu'à Chambésy, en faisant un mélange d'hydrocarbures (néoline) avec une petite proportion d'acide sulfureux anhydre et se servant surtout de ce dernier comme puissant propulseur ou diffuseur.

On sait que le sulfure de carbone et les sulfocarbonates, en se volatilisant rapidement, s'échappent généralement du sol en cône plus ou moins évasé, et que ces substances tuent difficilement les œufs souterrains, même à une très-petite distance de leur point d'injection.

M. Raoul Pictet, dans d'intéressantes expériences, l'an dernier, avait démontré déjà que l'acide sulfureux anhydre jouit d'étonnantes propriétés de diffusion et que, traversant facilement, soit des membranes de caoutchouc, soit le bois et l'argile, il pouvait être par conséquent un puissant insecticide.

Or, M. Monnier constate maintenant que le toxique en question, non-seulement se répand très-vite et très-loin dans le sol le plus compacte, mais encore tue rapidement les œufs jusqu'à une assez grande distance de son point d'injection. Il trouve encore des traces de l'anhydride sul-

fureux, dans le sol marneux de Chambésy, deux ou trois jours après l'o-
pération, et il assure qu'en mélangeant des hydrocarbures également
toxiques à ce gaz diffusant, on peut obtenir, même dans des terrains
légers ou caillouteux, une persistance du remède dans le sol pendant
plusieurs semaines.

Cette dernière observation, si elle pouvait être partout également
avérée, serait de la plus haute importance, eu égard à la réussite possible d'une seule opération. En effet, en parlant précédemment de la nécessité de la persistance du toxique dans le sol, nous avons dit que, pour
être suffisant, un remède devait pouvoir tuer encore, quelques jours
après son application, tous les jeunes parasites issus des œufs qui auraient
échappé. Le développement d'un œuf de radicicole dans la terre durant
rarement plus de huit à neuf jours, il semble qu'une persistance en dose
encore mortelle du toxique sous le sol, pendant douze à quinze jours,
pourrait être toujours victorieuse des nouveau-nés, avant qu'ils aient pu
pondre à leur tour.

Si le mélange toxique peut conserver plusieurs semaines son activité,
il est évident que l'on n'aura pas besoin d'une seconde application qui,
sans cela, aurait dû être faite douze à quinze jours après la première,
comme nous venons de le dire.

Pour ce qui est de l'époque du traitement, je ne saurais trop conseiller à M. Monnier de faire de préférence ses travaux dans la saison et la
période de développement de l'insecte dont j'ai dit plus haut qu'il n'y a
point alors de germes dangereux à l'air libre (juin et première moitié de
juillet pour Genève, par exemple); sans quoi, pour n'être pas la plupart
du temps réinfecté l'année suivante par les descendants de l'œuf d'hiver sur place, il serait obligé de joindre toujours à ses opérations en
terre des applications préventives sur la végétation aérienne compro-
mettante dans l'emplacement en traitement. Inutile d'ajouter que pour
commencer avec un remède quelconque, aussi longtemps que l'application ne sera pas générale, il sera toujours préférable de faire les premières opérations dans des foyers isolés, pour éviter les chances de réempoisonnement par le voisinage immédiat.

Il est peut-être à craindre que la vigne ne se montre plus sensible au
toxique en été qu'en hiver; cependant, les constatations faites jusqu'ici à
Chambésy, sur les pieds traités en été, ne semblent pas accuser une souffrance notable de la plante par suite du traitement. Il y a certainement
bien des expériences et des observations à faire encore sur cette seconde
face de la question : mais, nous ne doutons pas que M. Monnier ne porte
toute son attention sur ce point important, et nous nous en remettons à
lui, pour savoir dans un prochain avenir jusqu'à quel point l'on peut
compter sur le succès.

Je ne veux entrer ici ni dans les détails de la fabrication du toxique,
ni dans la description des appareils et des procédés d'application forcément variés avec les circonstances. Ce n'est également ici ni la place ni
le moment de parler, tant des dosages du toxique ou des proportions des
mélanges nécessaires que du prix de revient de l'opération, du coût du
matériel et de la main-d'œuvre dans différentes conditions. Qu'il me suffise, à ce propos, de renvoyer, pour plus amples informations, au rapport
détaillé que nous annonce M. Monnier sur ses premières expériences.

Il ne faut pas, je crois, préjuger du coût des opérations faites jusqu'ici à titre d'essai, avec beaucoup de tâtonnements et à des doses variées en vue de l'étude, pour établir un prix de revient général. Des applications en grand du traitement, s'il est prouvé efficace, ne peuvent manquer de se faire très-vite à bien meilleur compte que dans un simple champ d'expériences. Si l'on compte approximativement à raison de 600 à 650 fr. d'acide sulfureux anhydre par hectare, pour une seule application du traitement censément suffisante, sans la main-d'œuvre, il semble que l'on doive jusqu'ici ne s'adresser guère qu'à des vignobles déjà d'une certaine valeur. Mais le prix, je le répète, ne peut manquer de baisser, après une étude plus complète de la question, ne fût-ce que par le fait des mélanges par exemple, et tout porte à espérer que, si ce toxique est réellement victorieux du Phylloxéra, on pourra bientôt traiter par ce moyen aussi bien les petits vins que les grands crûs.

Du reste, s'il est vrai qu'une ou deux opérations au plus pourront toujours suffire à détruire le parasite, ce procédé sera encore moins coûteux que les traitements précédents forcément très-souvent répétés ; et ne faut-il pas, quant à ce qui est des frais, prendre avant tout en très-sérieuse considération l'immense service rendu au prochain, la protection et le salut des vignes menacées.

En résumé, en face d'un avenir des plus sombres, nous ne pouvons que souhaiter maintenant bonne chance au nouveau remède qui entre dans la lice, et former les vœux les plus ardents pour qu'il n'ait pas à son tour le triste sort de tant d'autres qui, avant lui, ont eu déjà, pendant quelque temps, le bonheur d'attirer la faveur du public.

CHAPITRE VII

Plan d'une campagne générale.

Plusieurs des questions posées dans ce chapitre du programme tombent d'elles-mêmes devant les opinions émises plus haut par l'assemblée. D'autres, corollaires dans le sens pratique de questions résolues antérieurement au point de vue scientifique, ne peuvent plus être ici rappelées qu'à titre de recommandations. Enfin, je crois devoir traiter maintenant de la nécessité de répandre l'instruction, question qui, sous le n° 138, avait été primitivement introduite dans le chapitre IX, lequel pourrait de fait être fondu avec celui-ci, si je ne tenais à conserver autant que possible la marche suivie dans les délibérations du Congrès.

Nous avons reconnu que la campagne contre le Phylloxéra doit être menée d'une manière générale et soutenue ; puis, nous avons constaté que la bataille doit être livrée à la fois sur les frontières et dans l'intérieur de chaque contrée, *contre le commerce, dans un but préventif, et directement contre les armées dévastatrices, dans un but curatif.*

Il serait superflu de revenir maintenant sur tout ce que nous avons dit déjà à propos de la déplorable importance du commerce des produits de la vigne : nous verrons plus loin les armes que le Congrès a proposées à cet égard à la législation. Bornons-nous donc à relever ici les principales recommandations que l'assemblée a cru devoir faire à tous les États en général, en vue d'une lutte intérieure et d'une surveillance plus faciles.

Dans le but de donner, par l'union et la communauté, plus de force aux efforts tentés en diverses contrées, le Congrès a pensé qu'il serait bon de *faire promptement dans chaque pays la détermination aussi exacte que possible de tous les points, aussi bien anciennement malades que récemment attaqués, par un examen sérieux de tous les vignobles, tant souffrants que d'apparence saine encore.*

En outre, il a cru devoir recommander, comme très-importantes aussi, *de fréquentes visites, en toutes contrées, non-seulement des vignes en grande culture, mais encore de tous les pieds de vigne étrangère, de provenance américaine, anglaise ou autre, tant en pépinières qu'en treilles ou dans les serres, les orangeries et les jardins.*

Sur chaque nouveau point d'attaque, *il faudrait chercher à reconnaître le mode d'apport, commercial ou naturel, du fléau,* ainsi que l'*âge probable de la maladie,* et déterminer d'une manière aussi exacte que possible l'*aire d'occupation de l'insecte, même en dehors des centres visiblement malades,* par un examen attentif et rapide, durant la belle saison, des racines peu profondes des ceps même de bel aspect [1]. Nous avons vu plus haut que cette recherche est singulièrement facilitée, en été, par la présence de renflements jaunâtres sur le chevelu et que le mal est d'autant plus facile à atteindre qu'il est moins ancien.

Eu égard à cette surveillance jugée très-nécessaire, le Congrès a pensé qu'il était indispensable de *nommer promptement, dans toutes les régions viticoles, des comités ou des commissaires en nombre suffisant.* Puis, pour compléter et faciliter cette action, il lui a semblé important que *tous les propriétaires et les vignerons déclarent de suite à qui de droit tout état de souffrance de leur vignoble.*

Je ne saurais trop insister sur l'absolue nécessité de déclarations immédiates de la part des viticulteurs qui, appelés à suivre naturellement et toute l'année la végétation des vignes, sont mieux placés que personne pour constater la moindre apparence maladive de leurs ceps. Comme l'on peut toujours, et souvent avec raison, arguer d'ignorance sur les causes d'un dépérissement local, je voudrais même, pour ma part, que les propriétaires ou leurs vignerons fussent *tenus de déclarer tout aspect anomal quel qu'il soit des ceps dans leurs vignes.*

A cette surveillance serrée et incessante, le Congrès a désiré qu'il fût joint aussi, dans les divers pays et dans des conditions diverses, en vue du choix du procédé curatif propre à chaque localité et de l'époque d'application, soit *un examen sérieux des conditions de climat, de culture,*

---

[1] Il est évident que cette dernière visite souterraine sera d'autant plus concluante qu'elle portera sur une proportion plus grande de ceps examinés ou sur un tant pour cent plus élevé de ceux-ci.

*de terrain et d'enracinement, soit une étude approfondie des diverses phases
du développement du parasite et de la durée des stages variés de celui-ci.*

A défaut jusqu'ici d'un remède général capable de réussite complète
en toutes conditions et circonstances, *chaque État devrait juger lui-même
des procédés curatifs et préventifs les plus propres à appliquer dans les
diverses parties de son territoire* [1].

Tout en reconnaissant naturellement le libre arbitre de chaque État,
l'assemblée a cependant jugé qu'il était urgent de se mettre de suite et
partout à l'œuvre, sous une direction entendue et autorisée, et de *commencer de préférence la lutte par les points avancés les plus menaçants, en
prenant une large marge tout autour.*

*La zone de sûreté, quand elle serait jugée nécessaire, devrait être déter-
minée par les conditions et les circonstances.*

Il serait bon de *renouveler, autant que possible, les traitements,* dans
une même année et une même localité, aussitôt que les experts appelés
à l'examen de l'insecte et du résultat des opérations retrouveraient des
parasites sur les racines ou verraient réapparaître soit des renflements,
soit des nymphes susceptibles de coloniser.

Il est évident que bien des mesures de précaution ici recommandées
seraient singulièrement simplifiées par la découverte d'un toxique qui,
par une seule application, pourrait tuer, dans toutes les conditions, tous
les Phylloxéras et les œufs, soit jusqu'à de grandes profondeurs dans la
terre, soit sur la végétation aérienne et les plants en voyage.

Inutile de dire que la lutte à l'intérieur, contre le parasite établi, deviendrait en même temps plus facile et moins coûteuse. On comprend
aisément que l'extinction rapide des foyers réduirait de plus en plus
l'importance de la colonisation par les voies naturelles et, qu'avec un
toxique capable de désinfecter complétement un sol phylloxéré, on pourrait, non-seulement se passer à l'avenir des vignes américaines, mais
encore abréger de beaucoup la durée de non-culture, tant dans les vignobles détruits par la maladie que dans les espaces forcément arrachés par
précaution. Il serait superflu également d'ajouter qu'une désinfection
parfaitement réussie des plantes dans le commerce rendrait la défense
contre l'extérieur à la fois et plus sûre et moins sévère.

Cependant, l'on n'en est point encore là malheureusement. La science
marche il est vrai, mais elle n'a pas encore dit son dernier mot. Qu'en
sera-t-il de tel ou tel procédé efficace dans une localité ; les conditions de
milieu, les profondeurs variables d'enracinement, le défaut quelquefois de
précautions ou d'observations préalables suffisantes, tout cela ne ris-
quera-t-il pas souvent d'amener des revers inattendus ou des retours
offensifs de l'ennemi ? Ce n'est pas tout d'avoir de bonnes armes, il faut
encore savoir s'en servir.

A supposer même que l'on possède enfin un remède généralement excellent, il serait plus qu'imprudent de s'endormir dans la confiance accor-

---

[1] En vue de l'avenir et peut-être de traitements par arrosages, il serait bon, je
crois, que les propriétaires fissent établir dans leurs vignobles, ou à portée de
ceux-ci, des citernes pour conserver les eaux de pluie.

dée à celui-ci. La lutte pour devenir plus égale n'en serait pas moins terrible encore. Il serait très-dangereux de se relâcher dans la surveillance incessante à exercer, en divers pays, aussi bien sur les vignobles que sur les apports dangereux du commerce. Il importerait toujours plus, pour gagner une victoire aussi complète que rapide, de veiller sur les vignes, pour surprendre le plus vite possible la maladie dans ses nouveaux foyers, pour prévenir le réempoisonnement des anciens quartiers traités et pour empêcher de nouvelles infections par les transports, aussi bien artificiels et à petite distance, que commerciaux sur une plus vaste échelle.

Un remède, si bon soit-il, sera toujours d'autant plus efficace que la maladie sera plus vite attaquée et que le malade sera plus complétement séparé des influences délétères environnantes.

Considérant l'immense importance du danger et l'absolue nécessité d'une intervention opportune des autorités, en tous pays, *le Congrès a émis le désir que toutes les mesures à prendre contre la propagation du Phylloxéra fissent l'objet d'une législation spéciale dans chaque État.*

Cependant, pour obtenir une surveillance entendue et efficace, tant des commissaires que des viticulteurs eux-mêmes, il est de toute nécessité de répandre autant que possible l'instruction dans toutes les contrées viticoles. Il importe que chacun soit capable de distinguer le Phylloxéra sous différentes formes des nombreux petits êtres d'ordres divers et plus ou moins nuisibles, utiles ou indifférents, qui comme lui se rencontrent sur le bois et les racines de la vigne. Il faut que tout homme appelé à visiter les vignes connaisse assez les caractères extérieurs et souterrains du fléau, pour ne pas se laisser induire en erreur par les apparences variées de plusieurs autres maladies.

En rappelant ici ce que j'ai dit plus haut des constatations possibles par les ouvriers viticulteurs, je crois devoir signaler, comme facilitant beaucoup les recherches et la surveillance dans les vignobles, *la pratique du relèvement et de l'attachage des sarments.* Il serait précieux, en particulier, que cette opération culturale, qui se fait assez régulièrement chez nous, fut toujours et partout terminée avant juillet pour permettre de surprendre, avant l'essaimage, les dépressions de la végétation qui accusent des places en souffrance.

Peu de gens se laisseront tromper par les effets délétères de quelques parasites extérieurs et bien connus de la vigne, de la *Pyrale* ou de l'*Écrivain*, par exemple, pas plus que par l'aspect anomal que donnent, chacun à sa manière, l'*Oïdium*, le *Charbon*, la *Cloque* ou même l'*Échaudage*. Il est également presque superflu de rappeler ici que la couleur jaune des feuilles atteintes de *Chlorose* n'a d'ordinaire rien d'inquiétant, aussi longtemps que la végétation du cep est avec cela de belle venue. Mais, beaucoup ont été induits en erreur, inutilement effrayés ou plus souvent à tort tranquillisés, par une certaine analogie dans les symptômes extérieurs de l'appauvrissement dû au Phylloxéra et du dépérissement provenant pour la vigne, ou de la *pourriture* des racines, ou de la *moisissure* résultant sur ces dernières, soit de l'humidité persistante dans le sous-sol, soit du voisinage immédiat de quelque débris mort et en décomposition, de tout autre végétal.

Il ne sera peut-être pas inutile de proposer encore ici un conseil que j'ai déjà eu souvent l'occasion de donner, dans certaines localités où la moisissure (le *Blanc*) était particulièrement développée; c'est de changer plus souvent et de retirer toujours avant l'hiver les échalas du sol, pour éviter que ceux-ci, en pourrissant dans la terre humide, ne communiquent eux-mêmes la moisissure aux racines de la vigne. On sait que la moisissure ou le *Blanc* (Blanquet ou Pourridie), mycélium de champignon, détruit plus ou moins vite les racines de la vigne, en les enveloppant d'une matière blanchâtre, tantôt filamenteuse, tantôt spongieuse [1], et que ce parasite végétal, en se communiquant de proche en proche, forme dans les vignobles des dépressions de la végétation, ou des cuvettes parfois assez semblables à celles produites par le Phylloxéra, bien que volontiers de forme plus irrégulière.

Parfaitement convaincu de la nécessité absolue d'une grande et rapide diffusion de l'instruction dans les centres viticoles, le Congrès a déclaré *qu'il serait utile d'organiser le plus promptement possible des cours sur le Phylloxéra et la maladie, dans un but d'utilité générale et spécialement en vue de former des commissaires et des experts entendus* [2].

Je me réserve de dire plus tard, à propos de l'établissement des comités et des commissaires, quelques mots sur les instructions écrites qui

---

[1] Le professeur Planchon (*Défense contre le Phylloxéra*. Ann. agronomiques, t. I, n° 1, p. 3) dit, à propos du *Blanquet*: *C'est un mycelium (ou blanc de champignon) de nature spongieuse (non filamenteuse)*, etc. Je crois devoir signaler à cet égard que le *Blanc* ou mycelium m'a paru surtout de nature filamenteuse dans nos vignobles de la Suisse romande, tandis que je l'ai trouvé souvent sous une forme spongieuse, bien que produisant les mêmes effets, dans les vignes de la Suisse allemande orientale.

[2] Il faut ici, je crois, distinguer deux buts et deux sortes de cours : des cours publics pour répandre, surtout dans la campagne et d'une manière générale, la connaissance de l'insecte et du fléau menaçant qu'il engendre, et des cours plus restreints, pour ainsi dire plus détaillés, à l'intention de former des commissaires et des experts, ou des agents spéciaux, à même d'exercer sur les vignobles une surveillance bien entendue. Il est évident que, pour ces derniers, il faut l'examen de l'insecte et de la plante sur nature et l'usage du microscope; mais, il est incontestable aussi que l'on ne peut pas faire voir à tout un grand public des insectes fort petits et appeler successivement, dans une assemblée nombreuse, tous les assistants au microscope. Il est vrai que l'on peut employer de grandes figures coloriées, pour la démonstration dans les séances publiques; toutefois, je ne saurais trop recommander, comme beaucoup préférable, l'usage de l'appareil à projections reproduisant, en clair et à un fort grossissement contre un écran, dans une salle momentanément assombrie, des figures peintes avec soin et exactitude sur des plaques de verre en nombre suffisant. J'ai eu l'occasion de juger par moi-même de l'utilité de la projection de figures exécutées sur verre sous ma direction, dans des cours que je fus appelé à donner dans diverses communes viticoles, ainsi qu'en France, à Bourg et à Ambérieu. J'ai toujours vu qu'à côté de l'attrait d'une représentation intéressante, qui attirait même les indifférents, il y avait aussi là un élément pratique et facile d'instruction et de compréhension du sujet.

(Voyez, à cet égard, sous le titre : *Ueber die Anwendung der Laterna magica in öffentlichen Vorlesungen zur Demonstration der Phylloxera vastatrix*, etc., une notice que j'ai publiée dans les *Annalen der Œnologie*, en 1877, VI Band, Heft 4.)

devraient être mises à la portée de ces derniers. Qu'il me soit permis d'ajouter ici encore quelque chose sur un autre côté de l'instruction générale nécessaire.

Je veux parler de ce qui regarde plus spécialement les *connaissances ampélographiques*. Il serait très-heureux, je pense, que les viticulteurs et surtout les experts fussent mis à même de reconnaître toujours la nature ou l'espèce et la patrie ou le lieu d'origine, tant d'un plan suspect dans un vignoble que des cépages en voyage. Il est souvent très-difficile de distinguer à première vue certains plants étrangers ou exotiques, d'autres plants indigènes. Des leçons sur ce point pourraient rendre de grands services dans la lutte contre le Phylloxéra, et il serait en particulier fort à désirer que les Congrès ampélographiques, qui se réunissent chaque année, s'occupassent de trouver un moyen facile et à la portée de tous, soit de reconnaître l'origine des plants à des caractères évidents, soit de débrouiller la synonymie maintenant si compliquée des diverses espèces de vignes cultivées et de leurs variétés.

CHAPITRE VIII

Reconstitution des vignobles trop malades ou détruits.

Ce chapitre peut être divisé en trois parties assez distinctes qu'il est bon, je crois, pour plus de clarté, d'aborder séparément. Nous traiterons donc successivement, dans l'ordre suivant lequel ils ont été exposés au Congrès, des *buts,* des *moments* et des *moyens* de la reconstitution des vignobles phylloxérés.

A. *Buts principaux de la reconstitution par les plants étrangers.*

Le Congrès s'est trouvé ici en face de questions très-controversées, et dès l'abord a reconnu qu'il fallait distinguer, dans l'usage des cépages exotiques, deux buts essentiellement différents.

1° Remplacer, devant les menaces du fléau, par des plants censément indemnes, des vignes indigènes trop facilement détruites par le parasite, alors que l'on est appelé à les renouveler bien qu'elles soient saines encore.

2° Replanter de la vigne plus résistante sur l'emplacement d'anciens vignobles détruits par le Phylloxéra.

En deux mots : *par prévision,* en avant des phalanges dévastatrices, et *comme réparation,* derrière celles-ci ou dans le champ de leurs conquêtes.

1. Dans le premier but : l'emploi de cépages exotiques dans des contrées encore intactes n'a pas paru à conseiller, par le fait que ceux-ci ap-

portent trop souvent la maladie avec eux, malgré toutes les précautions dont l'on croit s'entourer. L'opinion de l'assemblée a donc été bien plutôt que *les régions indemnes feraient bien de s'abstenir d'introduire chez elles des plants étrangers, enracinés ou non, et qu'elles devraient tout au contraire lutter énergiquement contre les apports dangereux du commerce.*

2. Dans le second but : il a paru que, *pour des contrées déjà complétement envahies, l'introduction de plants exotiques capables de produire malgré le Phylloxéra pouvait permettre de gagner un temps précieux, en réduisant la durée de non-culture.*

L'attention de l'assemblée a donc été portée presque uniquement sur les questions de reconstitution qui concernent *les régions très-sérieusement malades* et pour lesquelles le Congrès ne voyait plus d'inconvénients à l'apport de cépages exotiques.

L'introduction ou la plantation de vignes américaines n'étant pas de fait un remède destructeur du parasite, il semblait logique que *la reconstitution des vignobles phylloxérés*, même par des plants censés indemnes ou résistants, *fût toujours précédée d'un traitement contre l'insecte et d'une sérieuse désinfection du sol.* Toutefois, en face de difficultés particulières, le Congrès a admis seulement : *que ces opérations préalables devraient être faites, quand les circonstances le permettraient;* ce qui revient à dire qu'elles lui ont semblé impraticables dans certaines régions déjà entièrement contaminées, tandis qu'elles paraissent indispensables dans les contrées où le mal n'occupe encore que des espaces relativement très-restreints.

On a proposé au Congrès de laisser périr la vigne malade et l'insecte avec elle, pour éviter des frais et atteindre plus sûrement au but; mais, en considération de la durée de l'essaimage possible de ces espaces abandonnés, et surtout eu égard au temps et au rendement perdus, cette idée, juste en principe et applicable peut-être à certaines localités viticoles isolées, n'a pas été discutée par l'assemblée.

En formulant sur la question de la reconstitution immédiate une réponse rendue forcément un peu évasive par la considération de circonstances majeures, le Congrès sanctionnait, jusqu'à un certain point, la conservation dangereuse des plus grands foyers d'infection.

Il est vrai que les immenses travaux de reconstitution opérés, dans ces dernières années, dans le midi de la France, par les plants américains sans désinfection préalable, devaient s'élever hautement contre une décision plus générale et péremptoire, qui eût entraîné des conséquences trop onéreuses pour être supportables. *Mais, puisque, bien que sans en souffrir jusqu'ici, les plants élus peuvent cependant porter et laisser multiplier les myriades de Phylloxéras qui menacent l'Europe, ne serait-il pas toujours et partout dangereux de replanter immédiatement, dans un sol encore plein de parasites, une vigne qui, pour donner un rendement à son propriétaire, n'en demeurera pas moins une source imminente de danger pour un voisinage toujours croissant.*

Encore, si les plants américains maintenant résistants pouvaient promettre de demeurer toujours tels, dans de nouvelles conditions de culture et de milieu, et si ce procédé régénérateur pouvait être partout également applicable et rémunérateur.

Ceci nous amène tout naturellement à une série de graves questions, qui successivement furent soumises à l'appréciation du Congrès, sous les numéros 105 à 122 du programme.

La prémière de ces questions, qui d'abord a été longuement discutée, était ainsi conçue : *N'y a-t-il pas à craindre que la plante exotique, cultivée en Europe, ne perde, dans un avenir plus ou moins éloigné, de sa force de résistance au Phylloxéra ?*

En soulevant cette grave question, je ne pouvais évidemment pas attendre du Congrès une réponse décisive, dans quel sens que ce fût. Il y a encore trop peu de temps que la sélection des vignes américaines résistantes et la culture sur une grande échelle de celles-ci se pratique en Europe, au sein même des contrées infectées, pour que l'on puisse tirer déjà des conclusions d'observations encore trop peu nombreuses. Je désirais seulement montrer ne fût-ce que la possibilité d'un côté faible au procédé de lutte dans lequel tant de viticulteurs se jettent maintenant les yeux fermés, sans nul souci, ni de l'avenir, ni de leur prochain.

Tout en reconnaissant la valeur et la portée des efforts que font, dans certains départements du midi de la France surtout, des hommes aussi compétents dans la matière que désireux de servir les intérêts de l'humanité, je ne pouvais pas, cependant, laisser passer sous silence, à propos d'un végétal, une loi naturelle que j'avais déjà souvent invoquée dans d'autres occasions, soit à propos de divers animaux en général, soit pour le parasite de la vigne en particulier.

Il me semblait que la plante exotique, comme l'insecte, doit se ressentir du changement de milieu, se modifier lentement sous l'influence des conditions et de la culture, et perdre peut-être, avec quelques-uns de ses caractères, une partie de cette résistance que lui laissent encore, soit sa nature plus sauvage, soit cette structure intime particulière sur laquelle on fait jusqu'ici tant de fond.

Je me demande si, après avoir remplacé, dans un sol encore infecté, les vignobles indigènes par des vignes souvent très-inférieures en production, comme quantité ou qualité, on ne sera peut-être pas obligé de reconnaître un jour que la vigne américaine cède peu à peu à l'insecte que l'on a négligé de détruire, et qu'en définitive ce dernier est en train de remporter une nouvelle et double victoire. N'arrivera-t-on pas à reconnaître, trop tard, qu'en laissant ainsi le parasite se répandre librement et toujours plus loin autour des vignobles exotiques qu'on lui abandonne sans arrière-pensée, on a de fait condamné bien des contrées alors intactes et perdu bien des vignes, en faisant dans une proportion forcément toujours croissante des efforts et des frais désormais inutiles.

La question méritait d'être posée et discutée. La majorité du Congrès, sans se prononcer franchement ni pour ni contre, a répondu simplement : *il faudra s'en rapporter à l'avenir.*

Après avoir essayé de diverses espèces et d'un grand nombre de variétés de vignes du Nouveau Monde, les viticulteurs ont assez vite reconnu

---

[1] Je dois à la minorité, qui s'était rangée dans le Congrès à l'opinion du professeur *Planchon*, de signaler ici que, selon cet éminent naturaliste qui voulait répondre *non* à la question 105, il n'y aurait pas de chance de diminution future dans la résistance des plants américains censés indemnes.

6

qu'entre celles qui cèdent rapidement à la maladie, comme certains *Labrusca,* et celles qui semblent au contraire inattaquables, mais qui sont peu profitables, comme les dérivés de l'espèce *V. Rotundifolia,* il y a toute une série de formes diverses qui, résistant plus ou moins au Phylloxéra, pourraient donner de nouveaux vignobles à l'Europe et remplir ainsi au fur et à mesure les vides faits par le fléau.

Plusieurs de ces espèces et variétés furent introduites et essayées en divers lieux, soit à l'état de boutures ou de plants enracinés, soit sous la forme de graines ou de semis. Mais, ici encore, l'expérience dut bientôt établir comme une échelle, ou des degrés de résistance relative. Quelques-unes de ces vignes ont succombé, après avoir résisté plus ou moins longtemps. Enfin, à l'heure qu'il est, en dehors des variétés de la *Vitis rotundifolia,* indemnes au moins par les racines, mais, comme je l'ai dit, peu profitables pour la culture de notre continent, on recommande surtout les variétés des espèces dites *V. Æstivalis* et *V. Cordifolia.*

On cite des vignes entièrement replantées avec ces dernières dans un sol phylloxéré, qui, depuis quatre ou cinq ans, semblent conserver la santé malgré la présence de l'insecte sur leurs racines. On signale même des pieds de vigne américaine qui, seuls au milieu de vignobles indigènes morts ou mourants, subsistent cependant pleins de vie depuis plus de quinze ans. Mais quatre, ou six années même, d'influences locales et de martyrisation par notre culture européenne ne sont sans doute pas suffisantes pour avoir pu jusqu'ici modifier assez profondément une structure intime propre à la résistance ; il faut s'en rapporter à l'avenir, a dit le Congrès. Pour ce qui est des pieds plus anciens plantés séparément, leur isolement même qui, comme l'ont fait remarquer des observateurs très-instruits, permet une plus grande extension des racines et par là une plus abondante alimentation, pourrait bien être pour quelque chose dans la prolongation de la résistance.

Il est vrai qu'il y a des variétés de vigne chez lesquelles rien jusqu'ici ne peut faire supposer qu'elles pourraient une fois succomber; les symptômes résultant de la piqûre du parasite présentent, chez elles, des caractères moins graves et assez différents. Toutefois, il faut reconnaître, à côté de cela, qu'il y a eu déjà des insuccès ou des revers avec quelques-unes des vignes qui d'abord avaient paru résister; la réussite avec une variété n'a pas été partout au même degré.

On a cherché *les causes de la plus ou moins grande résistance des vignes américaines.* Certaines personnes ont pensé que la présence de la galle, et par là d'un grand nombre des parasites sur les feuilles, pouvait être, pour quelques-unes, une raison de résistance des racines, peut-être alors moins surchargées d'insectes. D'autres ont attribué à une saveur particulière des racines, qui répugnerait au Phylloxéra, la résistance plus facile de certaines variétés. Enfin, beaucoup de gens admettent maintenant que c'est dans la structure intime du bois et des racines qu'il faut voir surtout la raison de la moindre importance de la piqûre du parasite et l'innocuité relative de certaines déformations morbides résultant de celle-ci. M. Fœx [1], entre autres, dans une note manuscrite ac-

---

[1] Professeur à l'École d'agriculture de la Gaillarde, près Montpellier.

compagnée de photographies à l'appui[1], montre que, dans les vignes résistantes appartenant aux groupes des *Æstivalis,* des *Cordifolia* et de la *Vitis candicans,* la lignification est plus parfaite que chez les *Vitis labrusca* et *Vitis vinifera* qui cèdent plus rapidement. Les rayons médullaires, relativement étroits et plus nombreux, constituent pour les premières un corps plus dense et serré qui, en empêchant la désorganisation des tissus de se répandre vers les centres, limiterait ainsi les altérations morbides à la couche cellulaire du parenchyme cortical.

La trouvaille de galles sur des feuilles de vigne indigène, dans des haies en France, pourrait faire supposer que, si les variétés depuis longtemps cultivées en Europe de la *Vitis vinifera* ne permettent pas aussi facilement que ces plantes sauvages et que les vignes plus jeunes du Nouveau Monde la formation de la galle sur leurs feuilles, c'est qu'elles ont peut-être subi dans ce sens, sous l'influence d'une longue culture, des modifications intimes, et que peut-être aussi la même action a pu se faire sentir sur les racines, dans le sens d'une moindre résistance.

On ne peut pas établir une relation constante entre l'abondance des galles sur la feuille et la résistance des racines. On ne peut pas non plus attribuer uniquement à un grand développement du bois et des racines la résistance des plantes qui ne sont pas soumises à la taille relativement courte de bien des vignes en Europe. L'exemple de plusieurs *Labrusca,* qui trop souvent ont succombé à la maladie, est là pour prouver qu'il y a, indubitablement et à divers degrés, chez certaines vignes exotiques des propriétés particulières de résistance au Phylloxéra.

Mais, s'il est impossible de méconnaître dans les racines de plusieurs vignes américaines des caractères actuels de résistance incontestable, l'on est cependant en droit de se demander si les conditions de milieu et de culture, en amollissant pour ainsi dire la plante, n'arriveront pas peut-être, avec le temps, à modifier, dans le sens de ce qui fait la faiblesse de nos vignes européennes cultivées depuis des siècles, ces plantes récemment arrachées à la vie sauvage ou naturelle et maintenant soumises aux exigences de notre viticulture européenne.

J'accorde, avec la majorité du Congrès, qu'il ne faut rien préjuger et je ne voudrais, pour rien au monde, décourager les viticulteurs qui jusqu'ici ont accordé avec raison leur confiance aux vaillants défenseurs du procédé de régénération par les vignes plus jeunes du Nouveau Monde.

Je désire seulement qu'un examen sérieux de la question, par ce côté, puisse permettre de prévoir ou de prévenir, peut-être par certaines modifications à apporter dans les procédés trop exigents de notre culture, des déceptions pénibles et de nouveaux malheurs.

Toutes les plantes varient plus ou moins sous l'influence de la culture; pourquoi la vigne ne varierait-elle pas aussi, et comment les modifications, s'il y en doit avoir, n'auraient-elles aucun effet sur le degré de résistance.

Il vaut peut-être mieux chercher les moyens d'éviter un mal encore problématique que de dire imperturbablement, à propos de la résistance de certaines vignes américaines : *elle doit durer aussi longtemps que la*

---

[1] Envoyée à Genève à M. François Demole, qui a eu l'obligeance de me la communiquer.

*constitution n'aura pas varié. Or, on sait qu'un changement de ce genre
n'est pas à craindre* [1].

Il me semble qu'il serait intéressant, à cet égard, de comparer attentivement les structures intimes du tissu cellulaire, non-seulement des
vignes américaines et européennes entre elles, mais encore des vieilles
vignes de notre continent, depuis longtemps reproduites par marcottage,
et de jeunes vignes produites, après plusieurs sélections, par des graines
choisies de nos plantes indigènes.

Je ne puis terminer ce qui a rapport à cette grave question de l'avenir
sans rappeler encore l'importance, si ce n'est pour soi, du moins pour
les voisins, de *désinfecter puissamment le sol, avant de lui confier de
nouvelles vignes, fussent-elles même résistantes.*

Après cela, s'occupant de la *qualité des vins produits par les vignes
américaines,* le Congrès a reconnu qu'à l'exception de quelques-uns dont
le goût de punaise *(foxé),* de framboise ou de cassis était par trop désagréable, *plusieurs, comme les Jacquez, Herbemont* et *Cunningham,* par
exemple, *peuvent, dans les régions viticoles où les essais ont été faits,
remplacer en partie les vins ordinaires de celles-ci.* Il est vrai que la plupart des contrées européennes en question ne sont pas précisément parmi
les premières, sous le rapport de la valeur des vins; mais, *il y a tout lieu
d'espérer que la qualité des vins américains s'améliorera, sous l'influence de la culture et de nos procédés de vinification.*

B. *Quand faudrait-il reconstituer les vignobles détruits?*

Ayant admis, en principe, qu'il n'y a pas lieu jusqu'ici de se laisser
arrêter, dans la reconstitution des vignobles détruits au moyen de vignes
américaines, par la perspective encore hypothétique d'un affaiblissement
graduel, le Congrès a dû passer à la question de savoir *quand, soit après
quelle durée de la maladie, on devait procéder à la reconstitution.*

Il est difficile de préciser, soit l'état dans lequel une vigne peut être
considérée comme condamnée, soit le moment exact où le parasite doit
abandonner une plante ou bien périr sur elle faute d'y trouver sa subsistance; *cela doit varier beaucoup avec les conditions et les circonstances.*

Cependant, l'assemblée a été d'avis, nous l'avons dit, qu'il n'était ni
sage, au point de vue d'une bonne culture, ni prudent, eu égard à la
persistance possible de l'insecte sous le sol, de reconstituer immédiatement un vignoble détruit. Le Congrès a pensé qu'*il serait prudent de ne
pas remettre, avant trois ans, une nouvelle vigne sur un emplacement
phylloxéré.*

Ce temps de non-culture de la vigne me paraît, quant à moi, un peu
trop court, même lorsqu'il s'agirait d'un espace miné, aussi longtemps
que l'on n'aura pas un moyen parfaitement sûr de tuer tous les parasites
dans le sol, jusqu'à de grandes profondeurs. Il faut se rappeler, en effet,

---

[1] Millardet, *La question des vignes américaines,* 1877, p. 17.

que l'on a pu suivre, pendant trois années, la reproduction continue de pondeuses vierges sur un morceau de racine isolé. J'eusse préféré dire : *au moins quatre années ; car, si l'œuf d'hiver régénérateur ne peut être déposé que tout à fait exceptionnellement sur les racines, il est assez probable qu'après quatre ou cinq ans, la famine aidant et la force parthénogénique s'épuisant, le parasite radicicole aura alors cessé d'exister dans le sol abandonné.*

Il ne sera pas superflu, je crois, de répéter ici ce que nous avons dit plus haut des cultures étrangères espacées seules permises sur les terrains minés et de la surveillance indispensable sur les repousses de débris de vigne susceptibles d'héberger encore des germes dangereux.

C. *Comment faudrait-il reconstituer les vignobles détruits?*

Enfin, une dernière question se présentait encore, quant à la reconstitution des vignobles détruits, à savoir les meilleurs procédés pour arriver à de bons résultats.

Tout d'abord, le Congrès a été de l'opinion qu'*il n'y a pas actuellement en Europe un seul plant indigène qui résiste véritablement à l'action du Phylloxéra.* Puis, à une question posée par M. Molnar, délégué adjoint de Hongrie, au sujet des *vignes d'Asie*, il a été répondu que les variétés de la *Vitis vinifera* que l'on peut supposer d'origine orientale n'ont pas montré jusqu'ici d'immunité spéciale, et que, pour ce qui concerne les *Vitis amurensis* et la vigne dite de *Yeddo*, l'expérience n'a pas encore été faite.

Quelques viticulteurs espèrent pouvoir, par une sélection prolongée et entendue, tirer encore des graines de nos vieilles vignes indigènes des semis bons reproducteurs, et pensent que les racines des jeunes plantes nées de ceux-ci offriront au Phylloxéra plus de résistance que les anciennes. Ce système de régénération, opposé à l'introduction des vignes exotiques, pourrait peut-être avoir une certaine efficacité, et il est bien possible que les racines ainsi rajeunies de nos vignes européennes puissent, par ce moyen, se rapprocher un peu de la texture plus serrée des tissus radiculaires de la vigne plus vierge de l'Amérique. Toutefois, il faut se poser encore ici la même question que pour les espèces et variétés du Nouveau Monde : *la vigne européenne, fortifiée et régénérée par les semis, ne perdra-t-elle pas peu à peu de cette nouvelle résistance si, en modifiant profondément les procédés culturaux actuellement en usage, on ne renouvelle pas continuellement l'opération du rafraîchissement.*

Sans avoir l'intention de décourager dans leurs efforts, très-louables mais forcément très-prolongés, les hommes qui, en divers pays, cherchent maintenant, en vue de l'avenir, à conserver à chaque contrée la vigne qui y donne les meilleurs résultats, le Congrès a cependant pensé que l'on gagnerait un temps précieux en travaillant dès à présent, dans les contrées ravagées, avec des plantes exotiques qui déjà possèdent les propriétés de résistance que l'on voudrait donner à nos plantes indigènes.

A la question 121, ainsi conçue : *quels sont les plants américains qui offrent le plus de résistance?* M. le professeur Planchon, sur la demande

du Congrès, a donné la réponse suivante, que voici dans sa plus brève
expression :

Les observations faites en Amérique et en France permettent de l'établir dans l'ensemble comme il suit :

1° INDEMNES, au moins par les racines : *Scuppernong* et autres variétés de l'espèce *Rotundifolia;*

2° RÉSISTANTES :

a) *Æstivalis* (Jacquez, Herbemont, Cunningham, Rulander, etc.);

b) *Cordifolia* (Vitis Solonis, Taylor, Clinton, Franklin, Elvira, etc.);

c) Quelques *Labrusca,* notamment le York's Madeira, qui n'est peut-
être pas un Labrusca pur ;

3° DEMI-RÉSISTANTES : la plupart des *Labrusca,* par exemple, Hardford's prolific, Concord ;

4° PEU RÉSISTANTES, mais plus résistantes que les vignes européennes :
plusieurs *Labrusca,* par exemple, Isabelle, Catawba.

On ne parle pas ici des hybrides, qui sont en général peu résistants,
ni de certaines espèces, telles que le Mustang et le Post-oak, qui sont
presque sûrement résistants, mais sur lesquels on n'a pas d'expériences
assez prolongées.

La question qui d'elle-même s'imposait après celle-ci était la suivante:
*Les vignes américaines résistantes, qui réussissent dans le midi de la
France, pourront-elles arriver à maturité dans des contrées plus sep-
tentrionales ?*

Il était bien naturel, en effet, que les contrées viticoles du centre de
l'Europe, menacées par les immenses foyers du midi, s'inquiétassent de
savoir si elles pourraient profiter à leur tour des avantages d'un procédé
qui, à côté de brillantes promesses, ne manquait pas cependant de laisser
subsister des menaces et des dangers.

L'illustre professeur de Montpellier, comme le plus compétent dans la
matière, fut encore chargé par le Congrès de formuler brièvement une
réponse; voici son opinion :

Il faut distinguer à cet égard, dans l'ordre de maturation :

1° Les *Rotundifolia* (Scuppernong et autres), vignes du sud des Etats-
Unis, qui réussissent mal et mûrissent à peine dans les pays tempérés ;

2° Les *Cordifolia* (Clinton, Taylor, Franklin, etc.), vignes à végétation, à floraison et à fructification précoces, dont la maturité se fait très-
bien à Chiroubles (Rhône) et qui mûriront probablement dans la région du
Rhin, de la Moselle et du Neckar [1];

3° Les *Labrusca,* vignes à maturité variable, quelques-unes précoces
(Hardford's prolific, Ives, etc.), d'autres plus tardives (Concord, Catawba, etc.), mûrissant toutes à Chiroubles (Rhône) [2];

4° Les *Æstivalis,* improprement appelées *Sumer-papes* ou vignes d'été :
elles sont de maturité plus ou moins tardive; les unes (Jacquez, Herbemont, Rulander) du milieu de septembre, sous le climat de Montpellier ;

[1] Probablement, par conséquent, en Suisse.

[2] Plusieurs en Suisse ; mais ce sont aussi les moins résistantes et souvent celles
qui ont le plus de mauvais goût.

les autres (Cunningham, etc.), de la fin de septembre, sous le même climat. Tous ces cépages mûrissent à Chiroubles (Rhône), parce que leur peau épaisse leur permet de rester longtemps sans pourrir sur la souche [1].

Quant à ce qui est de *l'échelle de résistance au froid des vignes américaines,* il faut avouer que les expériences faites en Europe sont jusqu'ici trop peu nombreuses et trop récentes, pour que l'on puisse répondre d'une manière très-précise. L'on peut dire toutefois que, d'après l'origine géographique, les *Cordifolia* sont les vignes les plus robustes dans les climats froids, les *Æstivalis* les plus délicates ; les *Labrusca* seraient de tempérament moyen, et les *Rotundifolia* propres tout au plus aux climats très-chauds, bien que l'une d'elles (Scuppernong) ait résisté pendant plusieurs hivers à Chiroubles (Rhône).

En somme, on peut déduire des trois considérations précédentes que, parmi les vignes américaines qui réussissent dans le midi de la France, celles qui sont en même temps les plus résistantes au Phylloxéra, les plus robustes, de maturité précoce et de saveur actuellement acceptable ne sont précisément pas celles qui ont le plus de chance de convenir aux contrées du centre de l'Europe.

C'est ici que la question du *greffage des plants européens sur plant américain résistant* a dû intervenir tout naturellement, pour répondre, autant que possible, aux exigences à la fois naturelles et légitimes de bien des contrées viticoles menacées en divers pays. Il fallait tenir compte des conditions climatériques différentes et de la supériorité incontestable de certains crus.

On sait en effet que, depuis quelques années déjà, bien des viticulteurs, justement émus de la disproportion évidente qui existe entre les vins produits par les plants américains sur notre continent et les grands crus dont se font gloire certaines régions, ont cherché à produire, sur racine américaine, nos vins européens. On veut opposer à l'insecte dans le sol des racines qui résistent à la maladie et obtenir, par la greffe de nos plants indigènes sur celles-ci, soit une maturité plus précoce et une fructification abondante, soit un vin qui puisse partout se trouver de niveau, quant à la qualité, avec celui que le parasite menace de faire perdre.

On a pratiqué dans le midi de la France, avec des succès plus ou moins complets selon les conditions et les circonstances, tantôt la greffe en fente, tantôt celles dites en écusson, à talon ou par approche. Il paraîtrait que les greffages pratiqués en grand ont jusqu'ici moins bien réussi en Allemagne qu'en France. Il semble, par contre, que l'on aurait obtenu en Hongrie une heureuse amélioration des vignes par l'application de la greffe dite herbacée; celle-ci pourrait peut-être être essayée avec avantage dans le cas particulier.

En résumé, si l'on fait abstraction de toute arrière-pensée sur un affaiblissement possible de la racine américaine, au point de vue de la résistance au parasite, *il semble que l'on puisse alors attendre d'heureux résultats de la greffe, à la condition qu'elle soit bien faite, tant eu égard au choix des plants à unir, qu'en considération des conditions diverses*

---

[1] Ce sont les meilleurs, mais il est douteux qu'ils puissent mûrir en Suisse.

de milieu. Il y a sur ce point bien des expériences à faire encore; en particulier en vue du mode de culture le plus propre à favoriser les doubles qualités de résistance et de production. Toutefois, je le répète, la réussite de la greffe paraît jusqu'ici très-probable.

Pour ce qui est de la qualité des vins ainsi produits, il y a lieu d'attendre encore quelques années avant de porter un jugement définitif.

Enfin, les dernières questions de ce long chapitre traitaient des moyens les plus propres à promettre, non plus seulement la reconstitution de leurs vignobles aux contrées dévastées, mais encore la soustraction de tout danger d'infection par les voies du commerce ou du transit aux régions non encore contaminées ou peu malades.

Les moyens de reconstitution les plus sûrs, par les plants censés indemnes ou résistants, ont été déclarés : *pour les régions déjà infectées, suivant que le vignoble a disparu ou que la vigne survit encore, les boutures enracinées ou non, le greffage et le marcottage; pour les régions non encore contaminées, les semis.*

Le Congrès a pensé que : *on pourrait favoriser le développement de la vigne américaine dans certaines localités, comme pépinières utiles au point de vue de la reconstitution; mais que cela ne devrait se faire que par semis dans les pays intacts.* Il a été d'avis également que ce serait une bonne précaution que de *faire subir toujours, avant l'envoi ou avant l'emploi, une opération désinfectante et un sérieux examen aux plantes destinées à la reconstitution des vignobles détruits.*

Malheureusement, on ne connaît point encore de substance ou de procédés dont on puisse dire avec sécurité qu'ils détruisent irrémissiblement tous les germes dangereux, sans nuire à la végétation de la plante. On peut essayer, comme nous l'avons expliqué à la fin du chapitre III, ou des bains ou lavages de sulfocarbonate de potasse, ou l'acide sulfureux anhydre en champ clos[1], ou encore une température élevée; mais, ces procédés ne sont point encore assez étudiés et les résultats obtenus ne sont pas toujours suffisamment comparables. L'on ne peut pas jusqu'ici avoir une confiance absolue dans les désinfections, et il semble qu'il soit par conséquent urgent de *faire dans ce sens des études et des expériences concluantes, pour permettre de lever les entraves bien naturelles qu'une crainte légitime se voit maintenant forcée d'imposer au commerce.*

CHAPITRE IX

Organisation de Commissions supérieures et de Comités locaux.

Après avoir reconnu que l'institution d'une *Commission supérieure* ou d'un organe central était nécessaire dans chaque pays, le Congrès a été

---

[1] J'ai, dès l'abord, recommandé sérieusement à la Société exploitatrice (Raoul Pic-

d'avis que le mode d'organisation des *comités locaux* et de la surveillance à l'intérieur devait être laissé à l'initiative de chaque État. Je me bornerai donc à rappeler ici en passant quelques-uns des désiderata que j'avais émis dans le détail des questions du programme.

Il est inutile de dire qu'il doit y avoir des rapports constants, non-seulement entre les agents de surveillance en divers lieux et les comités locaux dont ils ressortent, mais encore entre ces derniers et l'organe central ou supérieur, dans chaque pays. Les experts appelés à visiter les vignes et à constater les points d'attaque doivent chercher à se rendre compte du *mode d'apport de l'insecte*, commercial ou naturel, et fournir en même temps des données, aussi exactes que possible, tant sur *l'étendue et l'âge du mal,* que sur les *conditions orographiques et atmosphériques* de la localité. Ils doivent aussi rapporter sur la *nature du terrain,* ainsi que sur *l'enracinement et l'état ou les circonstances particulières de la vigne atteinte.* De l'exactitude des rapports et de la bonne organisation de la surveillance dépendent évidemment, soit l'opportunité des opérations, curatives et préventives, soit la réussite des mesures prises en haut lieu contre les influences déplorables du commerce.

Mais, pour que les observations de chacun et les rapports sur celles-ci puissent donner tous les heureux résultats que l'on est en droit d'en attendre, plusieurs conditions me paraissent très nécessaires.

Il me semble, en particulier, que les perquisitions des agents de surveillance seraient singulièrement facilitées : d'abord, si chaque province, département ou canton commençait par établir d'une manière très-exacte la carte viticole de tout son territoire; puis si, à la suite d'observations sérieuses, les hommes experts dans la matière pouvaient fournir aux dits agents, non plus de longs mémoires ou des discussions par trop scientifiques sur tel ou tel point litigieux, mais, sous forme de notice brève et simple, des *instructions sommaires* appropriées aux conditions du lieu et susceptibles de diriger, en toutes saisons et circonstances, les investigations des surveillants.

Un très-grand nombre de mémoires, très-intéressants du reste, ont été écrits sur diverses phases des métamorphoses du Phylloxéra ou sur diverses faces de la maladie occasionnée par cet insecte. Loin de moi la pensée de dénigrer en rien la valeur de ces précieux travaux, qui ont pierre à pierre élevé l'édifice de nos connaissances sur le sujet. La science avait grand besoin de s'instruire; mais il est temps, je crois, que chaque contrée ait à elle et pour elle son manuel d'observation rédigé dans un but local et pratique. On ne peut pas demander à tous les hommes de science de battre nos campagnes; mais, on ne peut pas demander non plus à l'agent qui doit constamment parcourir nos vignobles de lire et de confronter toutes les observations publiées par centaines en divers lieux, tantôt sur l'insecte ou la maladie, tantôt sur tel ou tel procédé de traitement ou de reconstitution.

S'il est une science qu'il faut vulgariser par tous les moyens possibles, c'est bien certainement celle qui a trait au sujet qui nous occupe. Chaque commissaire doit, par quelques pages et figures, être mis facilement

tet et Cᵉ), ainsi qu'à M. Monnier, de s'occuper activement de cette importante question.

au courant, tant des divers symptômes de la maladie, que de la physio-
nomie ou des agissements de l'insecte en toute saison, dans les conditions de son champ d'observation, ainsi que de la manière dont il doit,
suivant les circonstances, faire ses investigations.

Je crois même qu'il serait très-utile de composer, dans chaque pays ou
fraction de pays, et de remettre aux agents des *formulaires imprimés*
qui, divisés en colonnes avec rubriques diverses en tête, leur rappelas-
sent toujours sur quels points particuliers ils doivent porter surtout leur
attention et à quelles questions ils doivent, suivant les cas, répondre
plus directement. De semblables formulaires, sur feuille volante avec
adresse du comité local au dos, faciliteraient singulièrement et rendraient bien plus clairs et comparables les rapports des nombreux
agents préposés à la surveillance des vignobles.

Il serait superflu d'entrer dans de plus amples détails sur les objets
nécessaires aux agents appelés à visiter les vignes et par là à veiller sur
la fortune publique. Il va sans dire que les commissaires doivent avoir
de bonnes *loupes* et des tubes *hermétiques* pour recueillir des pièces de
conviction; toutefois, je crois devoir recommander encore ici, au point
de vue pratique, l'usage de fanions ou petits drapeaux sur une perche,
pour marquer et délimiter les places malades. Des fanions rouges fichés
en terre peuvent servir, en effet, non-seulement à délimiter d'une manière ostensible l'extension souterraine reconnue du mal dans un vignoble; mais encore, en conservant des points de repère, à constater plus
tard les progrès de la maladie, ou à servir de direction pour les opérations hivernales, alors que les indices extérieurs de maladie ont plus ou
moins disparu. Un fanion blanc peut indiquer, à son tour, les points où
des investigations sérieuses ont établi sûrement l'absence de tout germe
dangereux, et servir ainsi, lors d'un traitement, à établir les limites
d'une zone quelconque de sûreté, alors que celle-ci a été parfaitement
étudiée.

Mais, je m'aperçois que j'entre ici dans beaucoup trop de détails et je
m'empresse de passer, avec le chapitre suivant, à la partie qui regarde
plus spécialement la lutte contre l'extérieur et la législation sur les
transports.

CHAPITRE X

Législation spéciale sur les transports.

Plusieurs des questions du programme discutées déjà dans le chapitre
antérieur de l'extension du fléau par la voie du commerce, à un point de
vue purement scientifique, ont dû naturellement se présenter de nou-

veau, quand il s'est agi de proposer une législation spéciale sur les transports.

Les solutions une fois données, le Congrès s'est borné à renvoyer à ses précédentes réponses et à étudier plus spécialement, dans ce chapitre, les articles ayant directement trait aux moyens de surveillance sur les transports, en laissant toutefois de côté tout ce qui lui paraissait devoir être livré à la compétence de chaque État.

C'est ainsi que les réponses à la plupart des premières questions ci-après relatées ont été, ou jugées superflues comme déjà fournies, ou abandonnées à l'initiative des différents pays.

Les questions suivantes ont été simplement l'objet d'un renvoi aux divers articles du chapitre III :

Doit-on faire entrer dans la défense d'importation des plantes autres que la vigne? — Quels sont les produits de la vigne qui doivent être soumis à la défense? — Quels sont les objets et les matières diverses, provenant de contrées phylloxérées qu'il doit être interdit de faire voyager? — Quels procédés de désinfection faut-il adopter pour les produits de la vigne dont le transport serait permis?

Je ne crains pas de me répéter en rappelant encore ici l'utilité de faire, le plus vite possible, des essais de désinfection avec l'*anhydride sulfureux* ou de toute autre manière.

Les questions suivantes ont été, par contre, considérées comme empiétant sur la compétence des États; je ne les rappelle ou n'en dit ici quelques mots qu'en vue de l'établissement des mesures de surveillance dans un pays, en Suisse par exemple, n'ayant point à les résoudre dans ce rapport sur un Congrès international.

Quelles sont les mesures à prendre aux frontières ou limites établies, *pour empêcher aussi bien l'exportation que l'importation?*

Si l'on ne veut pas tout interdire, *aussi bien les produits divers des jardins et des pépinières que les plants ou les débris de vignes et les diverses matières suspectes désignées plus haut*, il faut nécessairement établir des distinctions plus ou moins arbitraires. Que l'on veuille empêcher seulement la circulation des produits divers de la vigne et des matières variées qui ont pu être en contact avec ceux-ci, en permettant l'introduction d'autres produits de l'horticulture, les arbres fruitiers en particulier, ou que l'on veuille encore autoriser le transit de certains plants nécessaires à la reconstitution des vignobles, il faut, de toutes manières, organiser *ad hoc* tout un système de surveillance et de contrôle.

Il est bien certain que nos agents douaniers ordinaires seraient incapables, aussi bien de déclarer si une plante est phylloxérée ou non que de déterminer si un fragment de racine appartient à la vigne ou à quelque autre arbre ou arbuste. Il est donc de toute évidence que les bureaux de douanes devraient être, ou parfaitement instruits à cet effet, ou munis d'experts aussi habiles que consciencieux.

Mais, cela même ne pourrait pas suffire : la surveillance serait presque impossible si, certains transports étant autorisés, on devait laisser entrer partout. Il importe, je crois, non-seulement de réduire beaucoup *le nombre des bureaux de douane* abordables au commerce reconnu dangereux, mais encore d'obtenir que chaque expédition, pour n'être pas condamnée sans examen, soit accompagnée d'une *déclaration formelle d'une autorité établie à cet effet,* laquelle certifie que tous les produits ou objets contenus dans l'envoi proviennent d'une *localité nommée, reconnue intacte ou encore très-éloignée de tout point phylloxéré constaté.*

Comment établir les droits de *franchise* pour les transports autorisés?

Quel genre de *penalité* peut être appliqué aux infractions aux règlements sur les transports?

Quelles sont les mesures à prendre, dans les *localités en quarantaine,* pour empêcher l'exportation?

Chaque employé des douanes, des péages, de la police et de la surveillance des vignobles, ne devrait-il pas avoir le droit de visiter, soit aux frontières, soit sur tout le pourtour de limites secondaires, établies à cet effet dans chaque fraction de pays, tous les colis ou chargements qui pourraient contenir des produits de vigne et pouvoir arrêter ces derniers? — En cas de saisie d'objets dont le transport est défendu, quelles formalités aurait à remplir l'agent qui a constaté la contravention, afin d'éviter tout danger de propagation? — Ne faudrait-il pas ordonner qu'il est interdit, à toute personne ou société s'occupant de transports, de charger les produits de la vigne et autres objets déclarés dangereux, dans toute circonscription où aura été établi un ban ou une quarantaine pour cause de maladie? — Enfin, ne devrait-on pas mettre immédiatement sous séquestre chaque vigne, dès qu'elle est reconnue malade, pour empêcher à la fois le transport d'insectes par les pieds des intrus et la sortie par les curieux de produits dangereux?

J'ai déjà dit plus haut, dans le chapitre III, pourquoi je regrettais que le Congrès n'ait pas accepté l'idée du *séquestre,* comme mesure de prudence en général, et j'ai essayé de montrer alors comment, par ce simple moyen, on pourrait éviter cependant une diffusion artificielle de la maladie, dans le voisinage immédiat de ses centres, par des moyens de transports involontaires, malheureusement encore trop peu étudiés pour être généralement reconnus.

Le Congrès n'a cru devoir émettre ici une opinion générale que sur les quelques points suivants :

A la question 142 du programme qui demandait s'il ne serait pas utile d'établir, outre les frontières géographiques reconnues, des circonscriptions, ou de nouvelles barrières aussi naturelles que possibles contre les transports, il a été répondu : *De semblables barrières nouvelles et multipliées pourraient certainement ralentir l'extension du fléau par les voies artificielles ; mais, il serait désirable que l'on restreignit, avec cela, les facilités de transport des produits de la vigne d'un point à un autre, ceux-ci fussent-ils même assez rapprochés, dans les pays phylloxérés ou non phylloxérés.*

Puis, comme corollaire de cette première réponse, le Congrès a déclaré qu'il fallait *réglementer les transports nécessaires à la culture des produits de la vigne, dans les localités malades, d'un point à un autre.*

Enfin, après avoir reconnu que *le feu est le meilleur procédé de destruction pour les produits de la vigne surpris en contrebande et les objets qui les ont contenus,* l'assemblée a été unanimement de l'avis qu'il convenait *d'ordonner l'affichage des règlements sur les transports dans les gares et dans toutes les localités viticoles.*

CHAPITRE XI

Détermination, sources et usage des fonds nécessaires.

En déclarant d'emblée que tous les frais de la lutte contre le Phyllloxéra à l'intérieur doivent être supportés uniquement par les pays malades, le Congrès supprimait d'un coup toutes les questions du programme qui traitaient, soit de la solidarité des États contractants ou des fractions de pays, les uns envers les autres, soit des moyens de faire les fonds nécessaires et de déterminer les indemnités.

Je n'ai donc pas à revenir sur des questions récusées par l'assemblée ou laissées à dessein à l'appréciation de chaque Gouvernement. Qu'il me soit permis, toutefois, de citer ici quelques articles de ce chapitre du programme, ne fût-ce que pour montrer en deux mots cette nouvelle face du vaste sujet qui était proposé aux délibérations du Congrès.

Voici d'abord trois questions ayant trait à la solidarité des contrées viticoles entre elles et, je le répète, récusées par le Congrès international :

Les États menacés par d'autres devraient-ils contribuer, dans une part proportionnelle à leur importance viticole et leurs chances à courir, aux frais de traitement dans les postes avancés qui les menacent en d'autres pays?

L'état de maladie des vignobles, dans un département ou un canton, doit-il être considéré comme constituant un danger local ou général?

N'y aurait-il pas intérêt et ne serait-il pas juste que les contrées menacées directement par d'autres, dans le même État, soient appelées à participer, proportionnellement à leur importance viticole et au danger qu'elles courent, aux frais du traitement des vignes malades dans ces dernières?

Puis venaient, comme je l'ai dit, diverses questions sur les moyens de faire les fonds nécessaires, toutes propositions également laissées à dessein de côté par le Congrès.

Tous les frais devraient-ils être supportés entièrement par l'État? Ou en partie par l'État et en partie par les départements ou les cantons? Ou en partie par l'État, en partie par le département ou le canton et en partie par les propriétaires? Ou en partie par l'État, ou le département seulement, et en partie par les propriétaires? Ou seulement par les propriétaires réunis en syndicat dans chaque département ou canton? Ou seulement enfin par les propriétaires atteints?

Au point de vue des principes d'économie politique, le prélèvement d'un impôt temporaire sur les vignobles serait-il justifiable, et cet impôt devrait-il frapper dans une même proportion les vignes malades, les vignes menacées et les vignes hors de danger?

Enfin, quant à l'usage des fonds, il fallait dès l'emblée distinguer entre les *dépenses* difficiles à prévoir, occasionnées par la surveillance ou les traitements, et les *indemnités,* fort discutables et très-controversées, à allouer aux propriétaires lésés par des opérations curatives ou préventives, à supposer que celles-ci fussent faites d'office ou imposées par l'autorité.

Ce sujet amenait à toute une série de considérations diverses et de questions de droit dans lesquelles le Congrès n'a pas cru devoir entrer. L'assemblée, en effet, n'avait pas à décider si, avec sa législation particulière, chaque État peut avoir le droit d'ordonner les mesures à prendre, et si les propriétaires, lésés à des degrés divers par celles-ci, pourraient, dans tous les cas, réclamer une compensation à la chose publique dont ils menaçaient les intérêts.

Ces côtés très-délicats de la question doivent être laissés à l'appréciation de chaque Gouvernement ; je n'en parlerai donc ici, en deux mots, que pour mémoire et très-succinctement.

Tout d'abord, il semble qu'il faille établir une très-grande différence entre le cas d'un propriétaire ou d'un vigneron qui a *lui-même, par des apports étrangers, introduit le mal dans ses vignes*, et le cas de celui qui s'est trouvé *condamné par un voisinage infecté, sans qu'il y ait rien de sa faute.*

Laissant de suite de côté le premier de ces deux cas qui, une fois une loi établie sur les transports, *mérite bien plutôt une amende qu'une indemnité,* ne nous occupons plus que de celui qui concerne les vignes traitées ou condamnées par mesure de prudence, mais qui n'ont pu être infectées que par les voies naturelles à l'insecte.

Est-il légitime alors d'accorder une indemnité au propriétaire d'une vigne condamnée par la maladie, quand une opération nécessaire a entraîné pour celui-ci une augmentation de perte réelle ; ou bien, cette compensation doit-elle être réservée pour le cas où le traitement ou l'arrachage d'une vigne encore saine ou quasi-saine serait jugé opportun et ordonné, comme mesure avant tout préventive dans un but d'utilité publique ?

Ne faut-il pas, suivant les cas, distinguer :

a) Une indemnité pour la valeur immédiatement perdue, variant avec le genre d'opération ?

b) S'il y a lieu, une indemnité pour cause d'une non-culture ou d'un défaut de rapport de la vigne plus ou moins prolongé ?

Il est évident que, dans les premières circonstances, il faut tenir compte de l'état relatif de la vigne, plus ou moins compromise ou encore saine et que, lors de traitements estivaux, la valeur de la récolte pendante plus ou moins dépréciée devrait aussi être prise en sérieuse considération.

Il serait presque oiseux d'ajouter que, dans le cas de non-culture forcée de la vigne sur un emplacement condamné pendant un certain temps, il serait juste de tenir compte de la latitude donnée à une autre culture, tant par les autorités que par la nature même du terrain.

Enfin, les expertises pour les indemnités ne devraient-elles pas être faites toujours par des experts nommés d'un côté par le propriétaire, de l'autre par l'autorité ; et les estimations, en dehors de la récolte pendante, né devraient-elles pas être calculées sur la moyenne du rendement de plusieurs années ?

Toutes les questions diverses de ce chapitre se soulèvent maintenant dans divers pays. Tandis que l'Etat se demande jusqu'à quel point il peut intervenir et imposer sa volonté, toute la population viticole, impatiente et justement effrayée, s'agite et cherche en sens divers les moyens de s'armer contre le fléau dévastateur. Ici l'on parle de former des *associations ou des syndicats ;* là ce sont des Sociétés qui veulent fonder, sur une plus vaste échelle, des sortes de *compagnies d'assurance mutuelle.*

Je ne doute pas, quant à moi, que les syndicats ou les assurances mutuelles ne puissent rendre de très-grands services, soit en dégrevant l'État d'une partie des frais et permettant ainsi une lutte plus soutenue et prolongée, soit en donnant une importance nouvelle à la surveillance et aux mesures de prudence recommandées, tant dans les régions attaquées que dans les contrées menacées, ainsi plus matériellement dépendantes les unes des autres.

Il est heureux que le monde des intéressés sorte enfin de son apathie. Les yeux s'ouvrent ; cette terreur, qui pousse maintenant vers le sentiment de la solidarité, ne peut être que salutaire,

Il semble que l'on découvre de nos jours seulement que l'union fait la force.

Le Congrès international a fait tout ce qui était de sa compétence ; il a traité de toutes les questions dans lesquelles une entente entre les pays divers pouvait être réellement pratique et profitable, et il a donné, sur un très-grand nombre de points, des directions utiles et des opinions sérieusement discutées. C'est aux États, chacun pour soi, de résoudre maintenant les questions laissées à leur appréciation.

Il est temps que partout la mère patrie prenne soin de ses enfants ruinés ou en danger. Les intérêts, tant humanitaires que pécuniaires, que compromet ou menace le Phylloxéra sont certes assez importants, pour que les autorités compétentes prennent les armes et, d'accord entre elles, déclarent la guerre à l'ennemi commun.

CHAPITRE XII

Création d'une Commission internationale et d'un Bureau central.

J'avais pensé qu'il serait utile de créer une *Commission internationale* qui eût à diriger, d'une manière générale et entendue, les efforts faits jusqu'ici isolément en divers pays, et qu'il serait bon de former, dans ce but, un *bureau central* destiné à recueillir, grouper et comparer les observations faites et les résultats obtenus dans des conditions différentes.

Il me semblait également que la publication de cartes, de rapports et de travaux, sous la forme d'un *journal*, organe public de ladite commission, pourrait rendre à tous de grands services.

Le Congrès en a jugé autrement, et tous les sujets d'étude que j'avais cru devoir présenter à cet égard ont été réunis dans cette seule et unique question :

Serait-il désirable de voir, pendant tout le temps de la lutte, les États intéressés constituer un bureau international chargé de centraliser les communications, les renseignements et les documents scientifiques provenant des divers États et d'en faire part à ceux-ci; de provoquer aussi, le cas échéant, dans lesdits États, l'adoption de mesures à prendre en application de la convention internationale?

La commission législative du Congrès a proposé à l'assemblée de répondre comme suit :

Le Congrès, tout en admettant la nécessité de communications entre les divers États, au sujet du Phylloxéra, émet le vœu que la forme à choisir pour atteindre ce but soit arrêtée par les États eux-mêmes.

Pour ce qui est d'un *journal phylloxérique* résumant les observations faites en divers lieux, je crois devoir citer en passant, comme exemple bon à suivre, la publication qui se fait maintenant régulièrement en France, sous le titre : *Le Phylloxéra. Comités d'étude et de vigilance. Rapports et documents.* De la comparaison de semblables travaux, faits en différents pays, ressortiraient certainement de précieux enseignements et d'utiles considérations.

Enfin, je ne saurais négliger d'appuyer fortement sur la nécessité de *communications constantes entre pays attaqués et menacés;* car, souvent un avertissement envoyé à temps de l'un à l'autre, à propos, soit d'une nouvelle découverte ou observation, soit de la constatation récente d'un point phylloxéré menaçant, pourrait servir à prévenir bien des malheurs un peu plus tard quasi-irréparables.

Ici se termine le détail du *Programme-questionnaire* que j'avais été chargé d'élaborer et de soumettre à l'appréciation et aux délibérations du Congrès international pour le Phylloxéra.

Voyons maintenant, aussi succinctement que possible, quelles *Conclusions générales* il semble que nous puissions tirer des diverses considérations et de l'étude consciencieuse des différentes questions abordées dans ce rapport.

RÉSUMÉ

ET

CONCLUSIONS GÉNÉRALES

———

Donnons d'abord un résultat sommaire des observations consignées dans nos douze chapitres; nous verrons, ensuite et en quelques mots, quelles conclusions principales paraissent ressortir, au point de vue international, de cette étude dans son ensemble.

I. Le parasite de la vigne (*Phylloxera vastatrix*) est arrivé par le commerce d'Amérique en Europe et, maintenant :

Les vignes indigènes les plus prospères, dans ce dernier continent, sont tout aussi vite attaquées et succombent tout aussi bien que les vignes plus chétives ou moins bien cultivées.

II. Le fléau compromet et menace, en divers pays, de très-graves intérêts, tant pécuniaires qu'humanitaires, et peut avoir ainsi les plus tristes conséquences.

III. La terrible maladie est transportée beaucoup plus vite et plus loin par l'homme que par l'insecte seul, soit par le commerce, soit par divers moyens artificiels plus ou moins inconscients.

Toutes les vignes, en tous pays, sont plus ou moins menacées par les apports commerciaux.

IV. Le Phylloxéra peut se transporter de lui-même, soit par voie aérienne et assez loin les vents aidant, soit à beaucoup plus courte distance par les racines et le sol.

Les conditions de milieu peuvent cependant influer plus ou moins sur le développement des diverses formes de l'espèce et, par là peut-être, sur l'importance de la maladie en divers lieux.

V. L'époque la plus propice pour combattre le parasite sera toujours celle de son premier établissement et le moment de l'année où la végétation aérienne ne porte point de germes dangereux.

Si la plante devait trop souffrir de certains traitements estivaux, il faudrait toujours que des opérations hivernales sur un point fussent faites, à la fois, contre les racines dans le sol et contre le bois à l'air libre.

VI. L'arrachage ne peut être appliqué que comme mesure de précaution, dans des cas particuliers et dans des limites assez restreintes.

7

La plupart des procédés de traitement jusqu'ici préconisés paraissent insuffisants.

Le meilleur remède toxique souterrain sera celui qui possédera au plus haut degré des propriétés de diffusion rapide et de persistance dans son action mortelle.

VII. Il importe de procéder aussi rapidement que possible à une détermination exacte de tous les points attaqués en divers pays.

Il faut exercer une surveillance constante, tant sur les vignobles que sur les établissements destinés au commerce et leurs envois.

Il serait très-utile de répandre partout l'instruction, aux divers points de vue de l'insecte et de ses migrations, des caractères de la maladie, des dangers des transports artificiels et des connaissances ampélographiques.

Les propriétaires et les vignerons devraient être tenus de déclarer toujours et immédiatement tout état de souffrance de leurs vignes.

VIII. Les régions intactes doivent s'abstenir d'introduire chez elles des plants de provenance étrangère.

Il faut désinfecter complétement un sol phylloxéré, ou le laisser longtemps en jachère et sous surveillance, avant que d'y replanter de la vigne.

La reconstitution par les vignes américaines sera toujours sujette à caution, aussi longtemps que l'on ne saura pas d'une manière indubitable : a) si nos vignes indigènes ne doivent pas leur faiblesse actuelle à l'action prolongée d'une culture artificielle et exigeante ; b) si les vignes exotiques, plus jeunes ou plus sauvages, ne perdront pas peu à peu, sous l'influence de la culture, la densité des tissus qui semble faire leur résistance.

IX. Il est à désirer que chaque Etat viticole possède une commission supérieure du Phylloxéra, des comités locaux et des agents, en nombre suffisant, très-experts dans la matière et munis de tout ce qui pourrait faciliter leurs perquisitions, ainsi que l'établissement de leurs rapports immédiats et constants avec les commissions.

X. Les divers produits de la vigne (à l'exception du vin et des pépins), ainsi que tous les corps de diverses natures ayant été en contact avec la vigne ou dans le voisinage immédiat de celle-ci, peuvent être plus ou moins suspects ou dangereux.

Les transports nécessaires à la culture devraient être réglementés dans les localités contaminées.

Il importe de faire promptement de sérieuses recherches, en vue de trouver un procédé de désinfection capable de détruire toujours complétement tous les germes dangereux sur les produits suspects dans le commerce, sans jamais nuire aux plantes à conserver. Tout objet saisi en contrebande devrait être brûlé.

Il serait très-utile d'afficher partout dans les contrées viticoles des règlements sévères sur les transports et des pénalités y applicables.

XI. La lutte n'est plus possible sans la puissante intervention des autorités.

Il semble juste que l'État prenne à sa charge une partie des frais nécessités par des opérations ordonnées dans un intérêt général, soit en vue de l'utilité publique.

Des assurances mutuelles, dans les régions viticoles, pourraient aussi apporter dans les dépenses leur contingent de ressources pécuniaires.

XII. Il est indispensable que les divers Etats, attaqués et menacés, s'engagent, non-seulement à lutter contre l'importation et l'exportation ; mais encore à se tenir mutuellement au courant de toute nouvelle découverte susceptible de compromettre leurs intérêts.

CONCLUSIONS

Il est facile de conclure maintenant, en revenant à ce que je disais au commencement de ce rapport, que :

Si l'on ne peut point encore légiférer contre l'insecte lui-même, on peut et l'on doit cependant mettre autant que possible des entraves salutaires à un commerce dangereux et, en attendant des armes suffisantes pour écraser partout l'ennemi, agir d'une manière à la fois générale et sévère contre l'homme, le plus puissant auxiliaire du parasite.

L'intervention des autorités devient partout indispensable et, pour que la lutte soit complétement efficace, au lieu d'être un perpétuel renvoi du fléau d'une contrée à une autre, avec menace forcément constante de retours offensifs, il importe au plus haut degré que les divers États veuillent bien s'engager, par une Convention internationale, à se protéger mutuellement de tout leur pouvoir contre le fléau malheureusement si terrible et envahissant du Phylloxéra.

Voici, plus bas, les Résolutions que le Congrès phylloxérique international a votées à l'unanimité, dans sa dernière séance à Lausanne,
comme résultant de ses travaux et devant servir de base à la création
d'un *projet de Convention internationale pour les mesures à prendre
contre le Phylloxera vastatrix.*

Les illustres représentants des divers pays réunis au Congrès, ayant
fait à la Suisse l'insigne honneur de lui confier la tâche d'élaborer et de
formuler un Projet de Convention internationale, le Haut Conseil
fédéral suisse adressa, en octobre 1877, aux divers États contractants le
projet qui suit, pour être étudié, discuté et modifié au besoin, en vue
d'une entente générale.

Plus récemment, le Haut Conseil fédéral suisse, a adressé aux différents États européens une note officielle tendant à demander *une nouvelle Conférence,* en vue de la discussion et de la signature des divers
articles de Convention désirés par le premier Congrès.

———————

Je n'ai plus qu'à souhaiter ardemment, avec mon pays, que les divers
Gouvernements convoqués par la Suisse à une nouvelle conférence veuillent bien prendre en considération les désirs exprimés par le Congrès
international de Lausanne et consentent à s'engager le plus vite possible les uns envers les autres, pour suivre d'un commun accord la voie
qui seule maintenant paraît donner quelque espoir de salut.

Puissent tant de travaux et de précieuses observations porter bientôt
les fruits que l'on est en droit d'en attendre!

RÉSOLUTIONS

ARRÊTÉES PAR

LE CONGRÈS INTERNATIONAL PHYLLOXÉRIQUE DE LAUSANNE

LE CONGRÈS,

Considérant les ravages croissants du Phylloxéra et reconnaissant l'opportunité d'une action commune en Europe pour enrayer, s'il est possible, la marche du fléau dans les pays envahis, et pour tenter d'en préserver les contrées jusqu'à ce jour épargnées;

S'en référant d'autre part aux réponses contenues dans le questionnaire soumis à ses délibérations ;

Émet le vœu :

Qu'une convention intervienne, sur les bases suivantes, entre les divers États représentés à la Conférence internationale de Lausanne :

I.

Compléter dans chaque État la législation de manière à donner au Gouvernement les pouvoirs nécessaires pour substituer, au besoin, l'action administrative à celle des propriétaires, sur les vignobles phylloxérés, dans un but de préservation et aux frais de qui de droit.

II.

Déterminer, suivant la marche du fléau, à l'intérieur de chacun des États le périmètre des zones envahies par la maladie et celui des zones réputées saines après investigations.

III.

Organiser dans chaque État, suivant les diverses circonscriptions administratives, des comités de surveillance et d'étude ou bien un service de commissaires et d'agents, en nombre suffisant, auxquels seraient confiées l'application des mesures prescrites par la loi pour le traitement, l'inspection et la garde des vignobles, ainsi que les constatations à faire dans les vignes, jardins, serres, pépinières et sur les plants de vigne isolés de toute nature.

IV.

Réglementer à l'intérieur, de circonscription à circonscription, que ces circonscriptions soient infectées ou réputées saines, la circulation des plants de vigne, sarments et débris qui en proviennent.

V.

Prescrire le mode d'emballage des matières ci-dessus indiquées et les précautions à prendre pour la désinfection ou la destruction des objets avec lesquels ces matières auront été en contact, lorsqu'elles proviendront d'une circonscription où existe la maladie.

VI.

Réglementer, entre les divers États contractants, conformément aux principes adoptés par le Congrès, le transit, l'admission ou l'exclusion :
1° Des plants de vigne, débris et produits de cette plante ;
2° Des plants, arbustes et produits divers de l'horticulture.

VII.

Prescrire le mode d'emballage des produits ci-dessus mentionnés et admis à la circulation internationale. Indiquer les bureaux de douane par lesquels l'entrée leur sera ouverte dans les différents États et le contrôle auquel ils pourront être assujettis.

VIII.

Établir le lien international qui paraîtra aux États le plus propre à favoriser la communauté de l'action réglée par la convention.

RÉSOLUTION FINALE.

Le Congrès prie le Haut Conseil fédéral de soumettre à l'acceptation des Puissances représentées aux conférences de Lausanne les vœux ci-dessus exprimés, comme base destinée à servir de préparation à un contrat international pour la prompte réalisation duquel le Gouvernement suisse voudra bien faire les propositions qu'il jugera opportunes.

Le Congrès pense qu'il y aurait lieu de faire les mêmes communications aux autres Puissances européennes, en invitant celles qui pourraient trouver intérêt, soit à participer à la discussion de l'acte définitif, soit à adhérer ultérieurement à cet acte.

PROJET DE CONVENTION INTERNATIONALE

POUR

LES MESURES A PRENDRE

CONTRE

LE PYLLOXERA VASTATRIX

(Proposé par le Département fédéral suisse de l'intérieur, en octobre 1877).

Les États ci-après énumérés :

. . . .

Considérant les ravages croissants du Phylloxéra et reconnaissant l'opportunité d'une action commune en Europe pour enrayer, s'il est possible, la marche du fléau dans les pays envahis, et pour tenter d'en préserver les contrées jusqu'à ce jour épargnées ;

Après avoir pris connaissance des Actes du Congrès phylloxérique international qui s'est réuni à Lausanne du 6 au 18 août 1877 ;

Ont résolu de conclure une convention dans ce but, et ont nommé pour leurs plénipotentiaires, savoir :

. . . .

Lesquels, après s'être communiqué leurs pouvoirs, trouvés en bonne et due forme, sont convenus des articles suivants :

ARTICLE PREMIER.

Les hauts États contractants s'engagent à compléter, si cela n'a déjà eu lieu, leur législation intérieure en vue d'assurer, indépendamment de la présente convention, une action efficace contre l'introduction et contre la propagation du Phylloxéra, spécialement en pourvoyant à ce que, au besoin, l'action administrative puisse être substituée à celle des propriétaires. (Il est hautement désirable, à cet effet, que chaque État prescrive la marche à suivre pour l'organisation d'un traitement rationnel des vignobles phylloxérés, et règle l'importante question des frais et indemnités qui peuvent résulter du mode de traitement choisi.)

(Voir Actes du Congrès ; Réponses aux questions 56, 57, 58, 79, 79ᵃ, 98, 112, 131, 157, 161, 168, et toutes celles qui sont connexes. — Résolution I.)

ART. 2.

Chaque État sur le territoire duquel le Phylloxéra aura fait invasion, déterminera, suivant la marche du fléau dans le pays, le périmètre des zones envahies par la maladie et celui des zones réputées saines après investigations. On suivra autant que possible pour la fixation de ces périmètres, des limites naturelles ou administratives de manière à faciliter les mesures de surveillance et de police.

(Voir Rép. 77 et 142. — Rés. II.)

ART. 3.

Afin d'assurer l'exécution de la présente convention internationale ainsi que des lois et ordonnances intérieures des États contractants, relatives au même objet, chaque État organisera, suivant ses diverses circonscriptions administratives, des comités de surveillance et d'étude ou bien un service de commissaires et d'agents, en nombre suffisant.

(Voir Rép. 78, 95, 132 à 138. — Rés. III.)

ART. 4.

Les vignes, les pépinières, les serres et les orangeries, ainsi que les plants de vigne isolés de toute nature, seront l'objet d'une surveillance spéciale aussi assidue que les circonstances le réclameront. Les comités, commissaires ou agents chargés de cette surveillance recevront des pouvoirs qui leur permettront de procéder utilement aux inspections et aux constatations nécessaires.

(Voir Rép. 21 à 21ᵈ, 22, 132 et suiv. — Rés. III.)

ART. 5.

Le transport, à l'intérieur d'un État, de plants de vigne, sarments et débris de vigne (non compris le raisin, les pepins, le marc et le vin), d'échalas ou tuteurs déjà employés, de composts et de terreau, provenant d'une zone infectée, sera absolument interdit, aussi longtemps qu'un procédé de désinfection reconnu efficace n'aura pas été adopté par les États.

Cette prohibition devra être étendue aux autres plants enracinés cultivés ordinairement dans le voisinage de la vigne et propre à être replantés dans la zone réputée saine. Chaque État prescrira à cet égard le nécessaire selon les circonstances.

Les envois de raisins ou d'autres fruits provenant d'une zone infectée ne devront pas contenir de feuilles de vigne.

(Voir Rép. 21 à 21ᵈ, 22 à 27, 142 à 145. — Rés. IV.)

ART. 6.

Les objets saisis en contravention aux dispositions de l'article précédent seront détruits par le feu.

Les objets qui auront servi à l'emballage des matières ci-dessus indiquées ou qui se seront trouvés en contact immédiat avec elles (caisses, paniers, voitures, wagons, etc.) seront désinfectés au moyen de sulfo-carbonate de potasse ou de tout autre insecticide efficace. (On rend surtout attentif au danger plus grand d'infection lorsqu'il s'agit de plants enracinés et à la nécessité d'une désinfection soigneuse.)

(Voir Rép. 25, 26, 27, 152. — Rés. V.)

ART. 7.

Les États compléteront, s'il y a lieu, leur organisation de police à l'intérieur pour assurer la stricte exécution des dispositions qui précèdent (art. 5 et 6), et édicteront des pénalités sévères contre les délinquants.

(Voir Rép. 143, 144, 145, 146, 147, 148ᵃ, 149. — (Rés. I.)

ART. 8.

Les plants de vigne, débris et produits de cette plante (non compris le raisin, les pepins, le marc et le vin), les plants, arbustes et produits divers (non compris les fleurs coupées et les fruits) des pépinières, serres et orangeries, les échalas ou tuteurs déjà employés, les composts et le terreau, ne pourront être introduits d'un État dans un autre que par les bureaux de douane désignés dans une annexe spéciale à la convention.

(Voir mêmes Réponses que pour l'art. 5. — Rés. VI.)

ART. 9.

Pour être admis à la circulation internationale, les objets énumérés à l'article précédent devront être accompagnés d'une attestation de l'autorité du pays d'origine (État contractant) portant qu'ils proviennent d'une zone réputée saine. Le bureau de douane conserve du reste le droit de faire examiner ces objets par des experts phylloxériques officiels, qui, en cas d'infection constatée, dresseront procès-verbal.

Les envois de raisins ou d'autres fruits ne devront pas contenir de feuilles de vigne.

(Voir Résolution VI.)

Art. 10.

Les objets saisis comme étant en contravention aux dispositions de l'art. 9, soit ceux sur lesquels les experts constateraient la présence du Phylloxéra, seront, au gré de l'État qui les saisit, refoulés purement et simplement à la frontière ou détruits par le feu, — et cela aussi long-temps qu'un procédé de désinfection reconnu efficace n'aura pas été adopté par les États contractants. Aucune indemnité n'est due dans un cas ni dans l'autre.

Avis de la mesure prise sera donné, avec courte indication du motif, à l'expéditeur et au destinataire.

Les objets ayant servi à l'emballage des matières détruites par le feu ou s'étant trouvés en contact immédiat avec celles-ci, seront désinfectés au moyen de sulfocarbonate de potasse ou de tout autre insecticide efficace. Ceux de ces objets qui sont la propriété de l'expéditeur ou du destinataire lui seront restitués à sa demande.

(Voir Résolutions VI et VII.)

Art. 11.

Les États contractants s'engagent à ne pas traiter les États qui n'ont pas adhéré à la convention, d'une manière plus favorable que leurs co-signataires eu égard aux mesures à prendre contre le Phylloxéra. Ils se réservent au contraire le droit, chacun pour ce qui le concerne, de prendre des mesures plus sévères contre les provenances des États non contractants.

Lorsque les objets mentionnés à l'art. 8 proviendront d'un État non contractant du Vieux ou du Nouveau Monde et dans lequel existera notoirement la maladie, l'introduction de ces objets sera absolument prohibée.

(Voir Résolutions VI et VII.)

Art. 12.

Les États édicteront des pénalités sévères contre les personnes qui auront frauduleusement cherché à introduire des objets dont la circulation est prohibée, ou qui auront favorisé sciemment cette introduction illicite. Chaque État s'engage à cet égard à donner suite aux plaintes qui lui seraient adressées contre des personnes résidant sur son territoire, par les autorités d'un autre État contractant.

(Voir Résolutions VI et VII.)

Art. 13.

Les dispositions relatives au transport des produits susceptibles de propager le Phylloxéra, dispositions contenues tant dans la présente convention que dans les lois et ordonnances des États, seront dûment portées à la connaissance des populations intéressées, et les entreprises de transport rendues responsables, en ce qui les concerne, de leur inobservation.

(Voir Rép. 153, 147.)

Art. 14.

Afin de favoriser la communauté de l'action réglée par cette convention, les États s'engagent à se communiquer régulièrement :

1° Les lois et ordonnances édictées par chacun d'eux sur la matière ;

2° Les principales mesures prises en exécution de la convention et des lois et ordonnances ;

3° Les rapports généraux sur l'activité des comités de surveillance, commissaires ou agents, et sur l'exercice de la police spéciale à l'intérieur et aux frontières ;

4° Toute découverte d'une attaque phylloxérique dans une zone réputée saine, avec indication des causes, autant que possible ;

5° Toute délimitation nouvelle du périmètre des zones saines et des zones infectées, conformément à l'art. 2 ;

6° Des renseignements sur la marche du fléau dans les régions infectées ;

7° Le résultat des études scientifiques et des expériences pratiques faites dans les vignobles phylloxérés (calendrier phylloxérique, traitements appliqués, observations faites, succès obtenus, etc.);

8° Tous autres documents pouvant intéresser la viticulture au point de vue spécial.

(Voir Rép. 174. — Rés. VIII.)

Art. 15.

Les communications prévues à l'art. 14 se feront par l'intermédiaire de l'un des Gouvernements des États contractants qui sera désigné à cet effet.

Ce Gouvernement publiera en outre, aussi souvent que cela sera jugé nécessaire, des bulletins sur la situation phylloxérique générale, des tableaux comparatifs des observations faites dans les divers pays, des cartes, des rapports sur les effets obtenus par la présente convention, etc.

(Voir Rép. 174. — Rés. VIII.)

Art. 16.

Les frais résultant de l'article précédent pour le Gouvernement chargé de servir d'intermédiaire, seront répartis chaque année entre les États contractants sur la base d'un système d'unités attribuées à chacun d'eux suivant son importance viticole.

(Voir Rép. 14 et 174. — Rés. VIII.)

Art. 17.

Lorsque cela sera jugé nécessaire, les États contractants se feront représenter à une réunion internationale chargée d'examiner les questions que soulève l'exécution de la convention et de proposer les modifications que les progrès de la science phylloxérique et les expériences faites rendraient désirable d'y apporter.

Chaque pays compte pour une voix et peut se faire représenter par un ou plusieurs délégués ou par la délégation d'un autre État.

(Voir Rép. 175. — Rés. VIII.)

Art. 18.

La présente convention entrera en vigueur le 1er avril 1878 [1].

Tout État européen peut y adhérer ou s'en retirer en tout temps, moyennant une déclaration donnée au Gouvernement qui servira d'intermédiaire pour les relations internationales.

Voyons maintenant, avant de terminer, certains documents et quelques considérations plus spécialement suisses.

Voici d'abord l'*Arrêté fédéral* du 21 février 1878 qui donne au Conseil fédéral des pouvoirs très-étendus, soit en vue de la lutte à l'intérieur, soit eu égard au projet de Convention internationale élaboré sur les bases proposées par le Congrès de Lausanne.

---

[1] Puisse cette date, maintenant trop-prochaine, ne pas être repoussée trop loin.

ARRÊTÉ FÉDÉRAL

CONCERNANT LES MESURES CONTRE LE PHYLLOXÉRA

(Du 21 février 1878).

L'ASSEMBLÉE FÉDÉRALE DE LA CONFÉDÉRATION SUISSE,

Vu le message du Conseil fédéral du 7 décembre 1876 et l'arrêté fédéral du 15 juin 1877 [1],

ARRÊTE :

1. Le Conseil fédéral est invité à revoir le projet de loi sur la matière et à faire rapport.

2. Jusque-là, le Conseil fédéral est autorisé à faire participer la Confédération, d'une manière efficace et d'accord avec les Cantons, aux mesures préventives et curatives contre le fléau menaçant.

En particulier, il est autorisé : à organiser la surveillance sur les vignobles et les perquisitions pour la recherche du Phylloxéra, ainsi qu'à prendre les mesures nécessaires contre sa propagation; à interdire l'importation, la circulation à l'intérieur et l'exportation des plantes, matières et produits susceptibles de propager le Phylloxéra, et à édicter des pénalités contre les contrevenants à ces défenses.

Il peut, à cet effet, faire de lui-même les dépenses nécessitées par la lutte jusqu'à concurrence d'une somme totale de fr. 50,000 (cinquante mille).

3. Le Conseil fédéral est invité à faire à l'Assemblée fédérale des propositions pour le règlement des indemnités garanties rétroactivement aux Cantons par l'arrêté fédéral du 15 juin 1877.

4. Le présent arrêté est déclaré d'urgence et entre immédiatement en vigueur.

---

[1] Arrêté fédéral du 15 juin 1877 :
Les Cantons qui ont été ou qui seraient dans l'obligation de devoir prendre des mesures de prévoyance contre le Phylloxéra, avant l'adoption d'une loi fédérale sur la matière, seront mis rétroactivement au bénéfice de cette loi, quant aux indemnités fédérales qu'elle pourra prévoir, à la condition qu'ils se conforment, dans les mesures à prendre, aux directions de l'autorité fédérale.

Ces indemnités ne pourront être inférieures au tiers des dépenses faites par les Cantons.

Les 8 et 9 mars derniers (1878), une Commission consultative convoquée et présidée par M. le Conseiller fédéral *Numa Droz*, chef du Département fédéral de l'intérieur, élaborait et proposait le Règlement fédéral qui suit.

Cette Commission était composée de : M. *Boiceau*, Président du Conseil d'État du Canton de Vaud, M. *Baud*, Conseiller d'État du Canton de Vaud, M. le professeur *Vogt*, M. le professeur *Desor*[1], M. *F. Demole*, M. le Dr *V. Fatio*, M. *I. Demole-Ador*, et M. *S. Chavannes*.

RÈGLEMENT FÉDÉRAL

Concernant les mesures à prendre contre le Phylloxéra

Le Conseil fédéral suisse,

En exécution des arrêtés fédéraux du 15 juin 1877 et du 21 février 1878,
Sur le rapport du Département fédéral de l'intérieur,

ARRÊTE :

1° Il est institué une Commission fédérale d'experts adjointe au Département fédéral de l'intérieur, pour aviser aux mesures à prendre contre le Phylloxéra.

Les Cantons sont chargés d'organiser la surveillance sur leurs vignobles, conformément aux directions qui leur seront données par le Département prénommé, sur le préavis de la Commission fédérale.

2° En cas d'apparition du Phylloxéra, le Conseil fédéral ordonne, d'accord avec les cantons et d'après les indications des experts fédéraux et cantonaux, les mesures nécessaires pour combattre le fléau.

3° Il est interdit :

a) d'importer en Suisse des plants, sarment, souches, feuilles et débris de vigne, des tuteurs et échalas déjà employés, des composts et des terreaux ;

b) de sortir les mêmes objets des zones reconnues phylloxérées en Suisse, zones dont le périmètre sera déterminé par le Conseil fédéral, après avoir entendu le ou les Gouvernements cantonaux intéressés.

Toutefois, le Département fédéral de l'intérieur peut exceptionnellement, et lorsqu'il lui sera démontré qu'il n'en résultera aucun danger, accorder des autorisations dérogeant en partie à cette interdiction.

4° Les raisins frais, de quelque provenance qu'ils soient, ne sont

---

[1] Le professeur Desor ne put malheureusement pas assister aux séances de ladite Commission.

admis à l'importation et à la circulation en Suisse que pour autant que leur emballage ne contient pas de feuilles et débris de vigne. Il demeure réservé aux cantons d'en interdire l'introduction sur leur territoire, mais non point d'en empêcher le transit, si l'emballage n'offre d'ailleurs rien de suspect.

L'introduction de la vendange foulée peut être aussi interdite par les cantons.

Les pepins et le marc fermenté de raisins, les raisins secs et le vin ne peuvent être l'objet d'aucune prohibition de la part des cantons.

5° L'importation et la circulation des arbres fruitiers sont subordonnées à la condition suivante :

Chaque envoi, quelle qu'en soit la provenance et la destination, doit être accompagné d'une attestation de l'autorité du lieu d'expédition, attestation mentionnant exactement le nombre et l'espèce des arbres ou arbustes dont l'envoi se compose et portant que la pépinière où ils ont été élevés ne renferme pas de pieds de vigne, ou que ces pieds ont été visités officiellement dans la dernière année, sans que la présence du Phylloxéra ait été constatée.

Il demeure réservé aux cantons d'interdire l'introduction autrement qu'en transit, des arbres et arbustes fruitiers sur leur territoire.

6° Les objets saisis à la frontière suisse comme étant en contravention avec la présente ordonnance seront refoulés.

Ceux provenant de l'étranger, ou d'une zone phylloxérée, saisis à l'intérieur seront détruits.

Les mêmes dispositions pourront être appliquées dans les relations de canton à canton.

Dans ces divers cas il n'est dû aucune indemnité.

7° Les contraventions aux articles 3, 4 et 5 seront punis d'une amende de 50 à 500 francs.

Ceux qui auront introduit ou mis en circulation l'un des objets mentionnés dans ces articles, à l'aide d'une fausse déclaration de provenance ou de route, ou de toute autre manœuvre frauduleuse, seront punis d'un emprisonnement de 8 jours à 6 mois et d'une amende de 100 à 1000 fr.

Le produit des amendes appartient aux cantons; celles non payées seront converties en un emprisonnement dont la durée sera calculée à raison d'un jour de prison pour trois francs.

8° Sont rapportées les ordonnances antérieures au présent règlement.

Qu'il me soit permis, enfin, en mon nom personnel, de donner quelques *directions* aux Cantons et de faire quelques *recommandations* aux viticulteurs.

QUELQUES DIRECTIONS AUX CANTONS

ET RECOMMANDATIONS AUX VITICULTEURS

Avant de terminer, et en face du Règlement fédéral ci-dessus, je ne saurais trop recommander aux Cantons :

D'établir, si elle ne l'est point encore, une *Commission cantonale du Phylloxéra* chargée de veiller à la défense, tant à l'intérieur que contre l'extérieur, conformément au Règlement fédéral, d'entretenir des rapports constants, soit avec l'État, soit avec la Commission fédérale supérieure, et de présider aux opérations aussi bien destructives que préventives ou curatives nécessaires.

De nommer des *experts cantonaux*, en nombre pas trop élevé mais bien répartis et suffisamment instruits dans la matière, pour visiter régulièrement, non-seulement les vignes, mais encore les pépinières, les jardins, les serres, les treilles, etc., et faire toujours à qui de droit des rapports immédiats et circonstanciés.

De faire établir le plus promptement et aussi exactement que possible, soit une *statistique* complète des vignobles et des plantations isolées de vigne dans leur circonscription, soit une *carte viticole* de leur territoire. Les statistiques devraient contenir des données sur la nature des plants tant indigènes qu'étrangers dans le canton. Les cartes devraient fournir des renseignements sur la composition des divers terrains livrés à la culture de la vigne.

Avec les cartes et les statistiques, il serait bon de déterminer les *zones viticoles* différentes, contaminées ou plus ou moins menacées, en vue de la surveillance, de la défense et des transports.

Un *séquestre* complet devrait être sévèrement maintenu sur toutes les zones déclarées malades ou suspectes.

Les *experts* devraient connaître parfaitement aussi bien le Phylloxéra sous ses différentes formes et les divers caractères de la maladie que les nombreuses causes variées de dépérissement dans les vignobles. Pour cela, il est presque indispensable qu'ils aient vu de leurs propres yeux insectes et plantes dans quelque localité phylloxérée.

Les rapports des experts devraient, autant que possible, contenir des données : sur le mode d'apport (commercial ou naturel) du parasite dans un nouveau point infecté, sur l'âge probable et l'étendue de la maladie, sur les conditions orographiques, atmosphériques et de terrain de la localité, enfin, sur les conséquences probables de l'attaque en question et les opérations à conseiller.

Il serait utile que les experts fussent toujours pourvus : de la carte viticole détaillée de la fraction de pays commise à leur surveillance pour déterminer exactement les points suspects ou attaqués; d'une notice capable de les éclairer au besoin sur des questions scientifiques ou pratiques ; de formulaires imprimés divisés en rubriques d'observations pour faciliter leurs rapports; de bonnes loupes et de tubes hermétiques; enfin, d'un pouvoir signé de l'autorité.

Pour ce qui est d'une *surveillance constante:* il serait bon que les experts, chacun dans sa circonscription, parcourussent et visitassent, au moins deux fois par an, tant les vignobles que les jardins et les établissements horticoles ou arboricoles contenant de la vigne, cela surtout en juin et dans la première moitié de juillet, avant l'essaimage, et plus tard encore avant la chute des feuilles.

Les minages opérés pour cause de Phylloxéra et les emplacements traités doivent être aussi tenus longtemps sous une active surveillance.

En parcourant les communes viticoles, les experts pourraient toujours adresser aux viticulteurs les deux questions suivantes :

Avez-vous observé dans vos vignes des places appauvries et, en particulier, des espaces de forme à peu près arrondies dans lesquels la pousse du bois se fait mal et où la végétation des ceps est d'autant plus basse que ceux-ci sont plus près du centre de l'endroit malade?

Avez-vous, en remuant le sol, remarqué en été, sur les pousses du chevelu et des radicelles peu profondes de petits nœuds ou renflements jaunâtres?

Les viticulteurs eux-mêmes étant les mieux placés pour surveiller leurs vignes, il serait fort utile qu'ils fussent tenus de déclarer immédiatement tout aspect insolite ou état de souffrance de leurs ceps, ou à l'expert de leur circonscription, ou à l'autorité locale, maire ou syndic, qui serait chargé d'en prévenir de suite la Commission cantonale.

Un propriétaire ou vigneron qui aurait caché un état anomal de sa vigne dû au Phylloxéra pourrait peut-être, comme celui qui a introduit des objets suspects, être passible d'une amende plus ou moins élevée.

Eu égard aux dépenses et aux indemnités : je ne saurais trop engager les propriétaires de vigne à se réunir en *Sociétés d'assurances mutuelles,* pour fournir leur quote-part dans les frais de la lutte. Le pour cent de la contribution de chacun pourrait varier avec les conditions plus ou moins désavantageuses ou menacées dans lesquelles il se trouve; mais je n'ai pas à entrer ici dans le détail de l'organisation.

Je vois, dans les assurances mutuelles, à côté de la question financière, une autre utilité tout aussi incontestable : la surveillance incessante et mutuelle qui, sous le poids de la solidarité, résulterait naturellement, pour toutes les vignes, du versement de fonds annuellement opéré par chacun. Enfin, je crois devoir rappeler encore aux viticulteurs, en terminant, quelques mesures culturales qui peuvent faciliter aussi la surveillance.

Instruits par leurs patrons, les ouvriers, qui ont affaire chaque année et à diverses reprises avec tous les ceps de nos vignes, pourraient, suivant les cas et les saisons, ou signaler des places souffrantes à visiter, ou même reconnaître quelquefois sur le chevelu superficiel, alors qu'ils remuent le sol au pied de toutes les souches, les nodosités jaunâtres qui dénotent si vite la présence du Phylloxéra. — Il serait très-utile que l'on relevât et attachât de bonne heure la vigne, pour permettre une plus prompte et plus facile constatation des dépressions de la végétation.

Il serait bon également, soit de changer les échalas avant qu'ils deviennent cassants et demeurent ainsi en partie dans le sol, lors de leur extraction, soit de sortir ces tuteurs de la terre, après la récolte, pour éviter la moisissure accaparante qui résulte, sur ce bois mort, de l'humidité durant la mauvaise saison. On diminuerait certainement par cette simple opération le nombre des cuvettes, ou espaces appauvris, qui proviennent souvent dans les vignobles du développement du mycelium de champignon, dit le *Blanc*. En protégeant les racines contre un parasite végétal, éminemment délétère, on éviterait bien des perquisitions inutiles sur des places d'un aspect trompeur.

ADDITIONS

J'ai appris trop tard, pour pouvoir les signaler dans mon texte à propos de la France, les récentes découvertes du Phylloxéra dans la *Corrèze* et les *Pyrénées-Orientales*.

L'*Espagne*, dont les vignobles touchent à ceux de la France sur quelques points, se trouve maintenant immédiatement menacée par la nouvelle découverte du Phylloxéra à Prades, dans les Pyrénées-Orientales.

En disant, à la page 32, quelques mots de l'*Angleterre* et de l'*Irlande*, j'ai omis de rappeler que les grapperies des Iles-Britanniques, dont beaucoup sont phylloxérées, menacent, aussi bien que le Nouveau Monde, le continent par leurs envois.

Je me fais un plaisir de remercier encore ici M. *F. Demole*, de Genève, de la complaisance avec laquelle il a mis à ma disposition tous les documents et les renseignements qu'il pouvait avoir.

Je prie également M. le Dr *Macagno*, Directeur de la station œnologique de Gattinara en Italie, de bien vouloir agréer l'expression de ma reconnaissance, pour les quelques données qu'il m'a aimablement fournies sur les nouveaux points phylloxérés des environs de Nice.

Enfin, bien qu'un peu intempestif, l'article au *Journal des Débats* sur les succès obtenus à Genève avec l'acide sulfureux anhydre, n'a cependant pas paru assez tôt, pour qu'il m'ait été possible d'accompagner mes appréciations sur le sujet d'une petite observation, alors que j'accordais à M. Denys Monnier les éloges dus à son mérite (pages 71-74 de ce rapport).

J'espère que M. D. Monnier n'est pour rien dans les insinuations aussi mensongères que malveillantes que renferme ledit article des *Débats* du 24 février 1878, à l'adresse de quelques personnes, censément membres du Congrès phylloxérique, qui se trouvaient réunies sur la vigne de Chambésy, lors de la démonstration du procédé de désinfection par l'acide sulfureux.

TABLE DÉTAILLÉE DES MATIÈRES

D'APRÈS L'ORDRE DE LEUR DÉVELOPPEMENT

*

Sept cartes.

EXPLICATION DES CARTES

La couleur rouge (taches, points et noms) indique les places ou les espaces phylloxérés.

Il va sans dire que, dans des cartes de cette dimension, la grosseur des petits points rouges ne peut pas être toujours proportionnelle à l'extension du mal dans une localité.

Carte I. — ALLEMAGNE, carte phylloxérique, pour 1877.
La présence du Phylloxéra à Neuwied serait paraît-il controuvée.
Les premières constatations de la maladie à Erfurt devraient, dit-on, remonter à 1874.

Carte II. — AUTRICHE et HONGRIE, carte phylloxérique, pour 1877.

Carte III.— FRANCE, carte phylloxérique, pour 1877.
Je n'ai pas pu savoir sur quel point la Corrèze a été dernièrement reconnue attaquée.
Je regrette également de n'avoir pas pu me procurer à temps la nouvelle carte phylloxérique de France annoncée par M. le professeur Duclaux.

Carte IV.— ITALIE, intacte en 1877, mais menacée par la Corse et par les foyers phylloxériques des environs de Nice en France.
Les chiffres compris dans les petites subdivisions indiquent le tant pour cent de la vigne en hectares.

Carte. V.— ESPAGNE et PORTUGAL, carte phylloxérique du *Portugal*, pour 1877. L'Espagne intacte jusqu'ici.

Carte VI.— SUISSE, carte phylloxérique, pour 1877.
La trouvaille du Phylloxéra à Schmerikon paraît controuvée.

Carte VII.— EUROPE, carte phylloxérique, pour 1877.
Lignes isothermes et limite actuelle de la vigne en grande culture.

Les degrés de la température sont donnés à l'échelle de Réaumur.

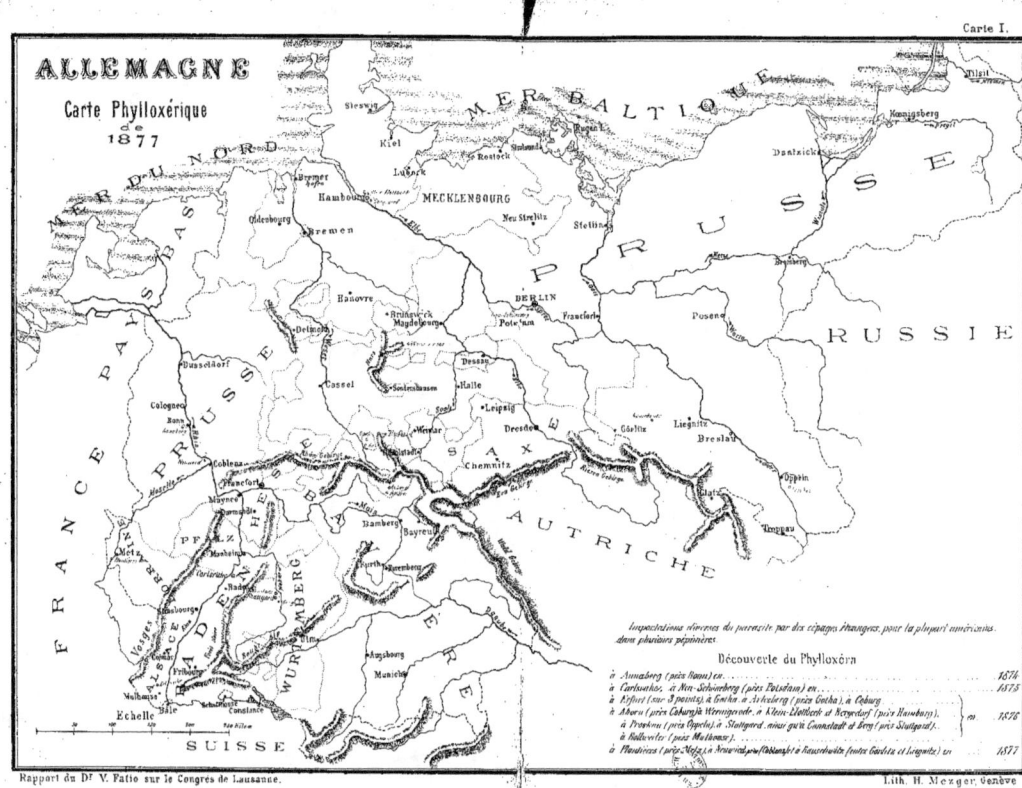

Carte I.

ALLEMAGNE
Carte Phylloxérique
de
1877

MER BALTIQUE

PRUSSE

RUSSIE

MER DU NORD

PAYS BAS

FRANCE

PRUSSE

HESSE

PFALZ

WURTEMBERG

BADEN

SUISSE

SAXE

AUTRICHE

Sleswyr
Kiel
Lubeck
Warner
Oldenbourg
Bremen
Hambourg
MECKLENBOURG
Neu Strelitz
Stettin
Rostock
Rugen I.
Stralsund
Dantzick
Königsberg
Tilsit
Posen
Hanovre
Detmold
Brunswick
Magdebourg
BERLIN
Potsdam
Francfort
Cassel
Sondershausen
Dessau
Halle
Leipzig
Dresden
Chemnitz
Görlitz
Liegnitz
Breslau
Oppeln
Cologne
Bonn
Coblenz
Francfort
Mayence
Mannheim
Carlsruhe
Baden
Strasbourg
Fribourg
Mulhouse
Bale
Constance
Ulm
Stuttgard
Nuremberg
Furth
Bamberg
Bayreuth
Metz
Munich
Augsbourg
Troppau

Düsseldorf

Importations diverses du parasite par des cépages étrangers, pour la plupart américains
dans plusieurs pépinières.

Découverte du Phylloxéra

à Annaberg (près Bonn) en 1874
à Carlsruhe, à Neu-Schöneberg (près Potsdam) en 1875
à Erfurt (sur 3 points), à Gotha, à Aschenberg (près Gotha), à Coburg
à Abora (près Coburg), Wernigerode, à Klein-Flottbeck et Bergedorf (près Hambourg), en 1876
à Proskau (près Oppeln), à Stuttgard, ainsi qu'à Cannstadt et Berg (près Stuttgart),
à Hallweiler (près Mulhouse),
à Plantières (près Metz), à Neuwied, près Coblentz à Reuschwitz (entre Gotha et Liegnitz) en 1877

Échelle

Rapport du Dr. V. Fatio sur le Congrès de Lausanne.

Lith. H. Mezger, Genève.

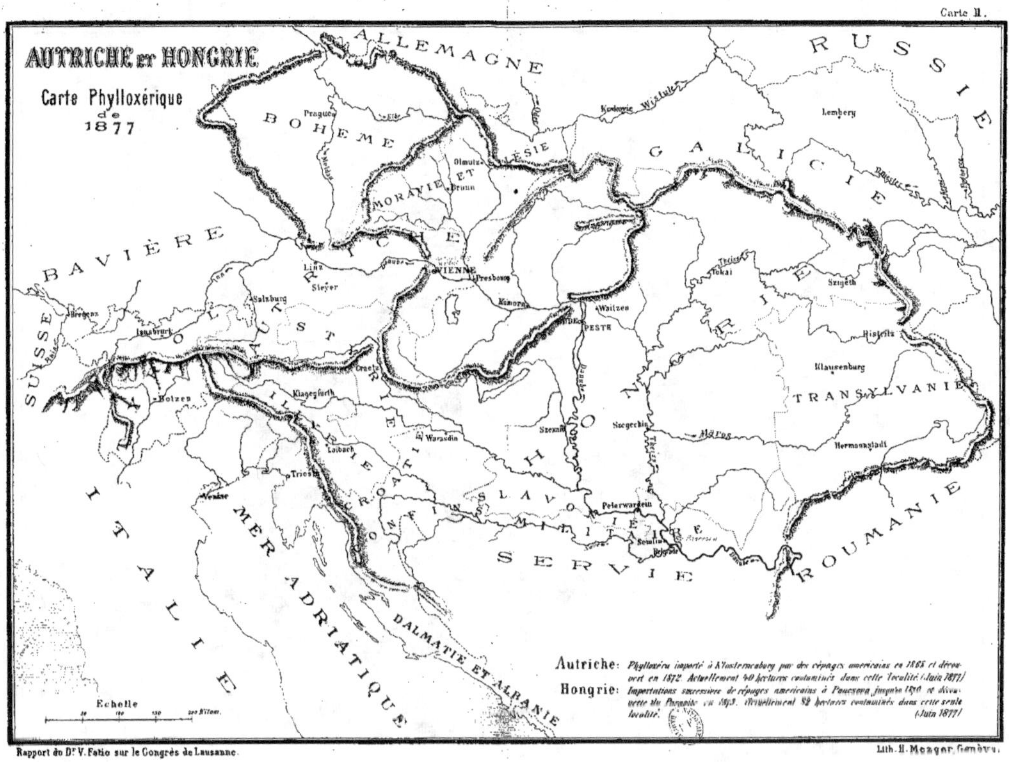

Carte II.

AUTRICHE et HONGRIE.

Carte Phylloxérique
de
1877

ALLEMAGNE — RUSSIE

BOHEME — PRAGUE

SUISSE — BAVIÈRE

ITALIE

MORAVIE ET — Brunn

SILESIE — GALICIE — Lemberg

Linz — Steyer — VIENNE — Presbourg

Salzburg

Innsbruck — Botzen — Klagenfurt — Gratz

Laibach

Trieste — Fiume

MER ADRIATIQUE

DALMATIE ET ALBANIE

CROATIE — CONFINS MILITAIRE

SLAVONIE — SERVIE

Warasdin — Peterwardein

TRANSYLVANIE — Klausenburg

Hermannstadt

HONGRIE — PESTE — Waitzen — Komorn

Tokai — Szigeth — Bistritz

Szegedin — Maros

ROUMANIE

Autriche: Phylloxera importé à Klosterneuburg par des cépages américains en 1868 et découvert en 1872. Actuellement 40 hectares contaminés dans cette localité. (Juin 1877.)

Hongrie: Importations successives de cépages américains à Pancsova jusqu'en 1875 se découverte du Phylloxera en 1875. Actuellement 82 hectares contaminés dans cette seule
localité. (Juin 1877.)

Échelle

Rapport du Dr V. Fatio sur le Congrès de Lausanne.

Lith. H. Menger, Genève.

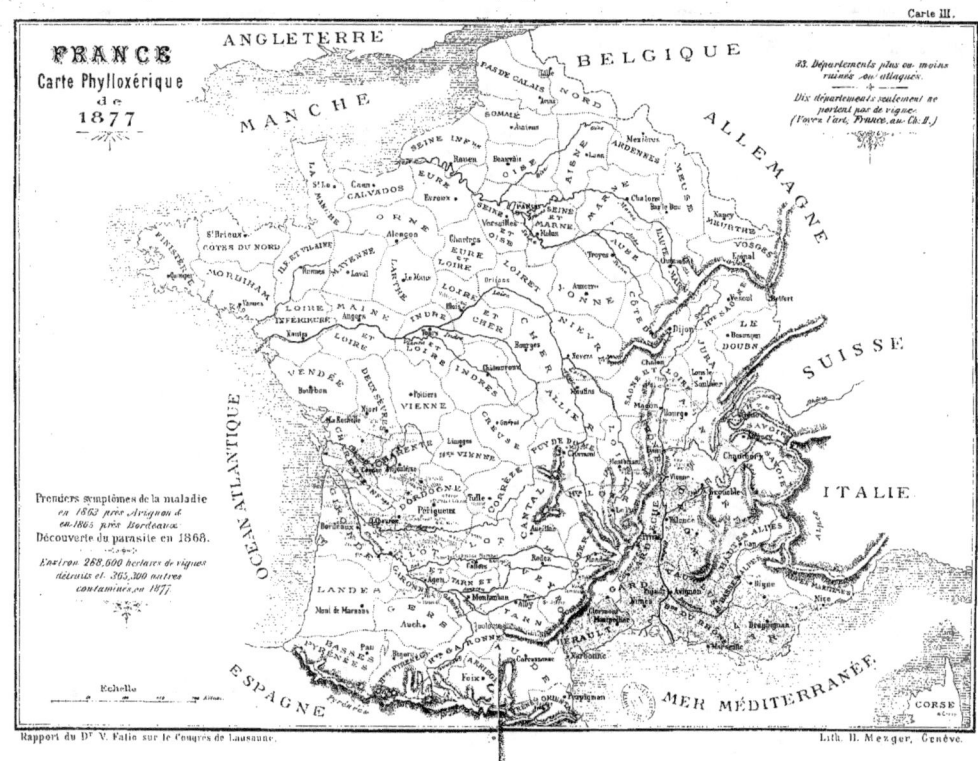

Carte III.

ITALIE VITICOLE
menacée par Nice et la Corse
intacte
— en —
1877.

Pour 100 hectares de surface territoriale

I — 0,80 à 2 *hectares de vigne*
II — 3 à 5
III — 6 à 8
IV — 9 à 12
V — 13 à 16
VI — 17 à 22

ALLEMAGNE

SUISSE

AUTRICHE

TURQUIE

MER ADRIATIQUE

MER MÉDITERRANÉE

CORSE

SARDAIGNE

AFRIQUE

Echelle

Rapport du Dʳ V. Fatio sur le Congrès de Lausanne.   Lith. H. Mezger. Genève.

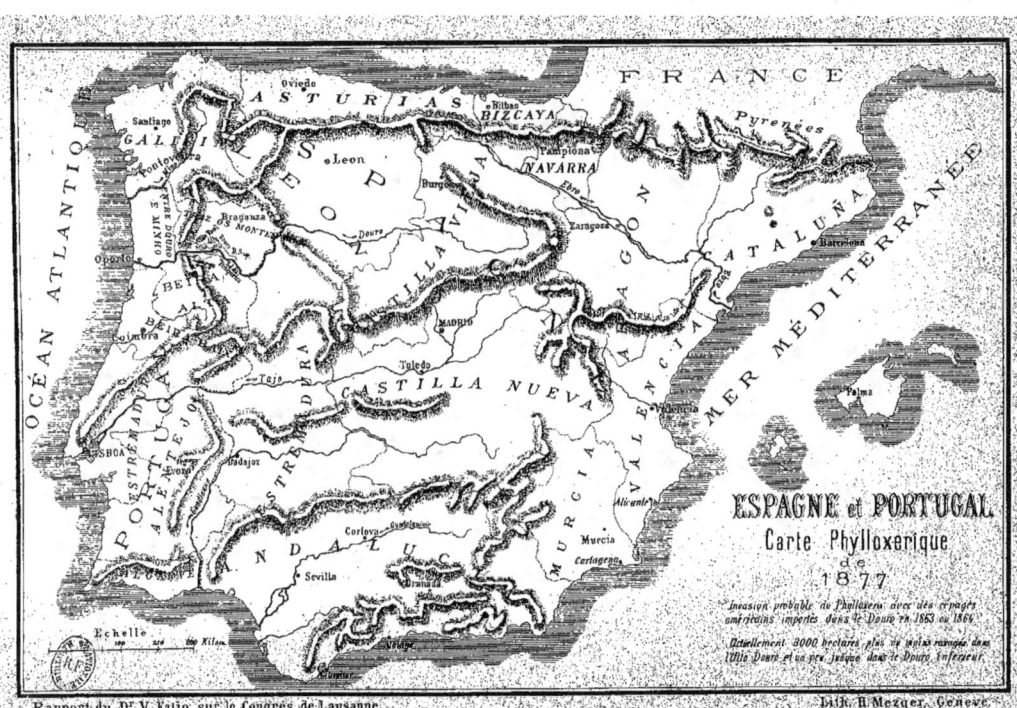

ESPAGNE et PORTUGAL
Carte Phylloxerique
de
1877

*Invasion probable du Phylloxera avec des cepages
americains importés dans le Douro en 1863 ou 1864*

*Actuellement 3000 hectares plus ou moins ravagés dans
l'Haut Douro et un peu jusque dans le Douro Inferieur*

Rapport du D.ᵉ V. Fatio sur le Congrès de Lausanne.

Lith. R. Mezger, Genève.

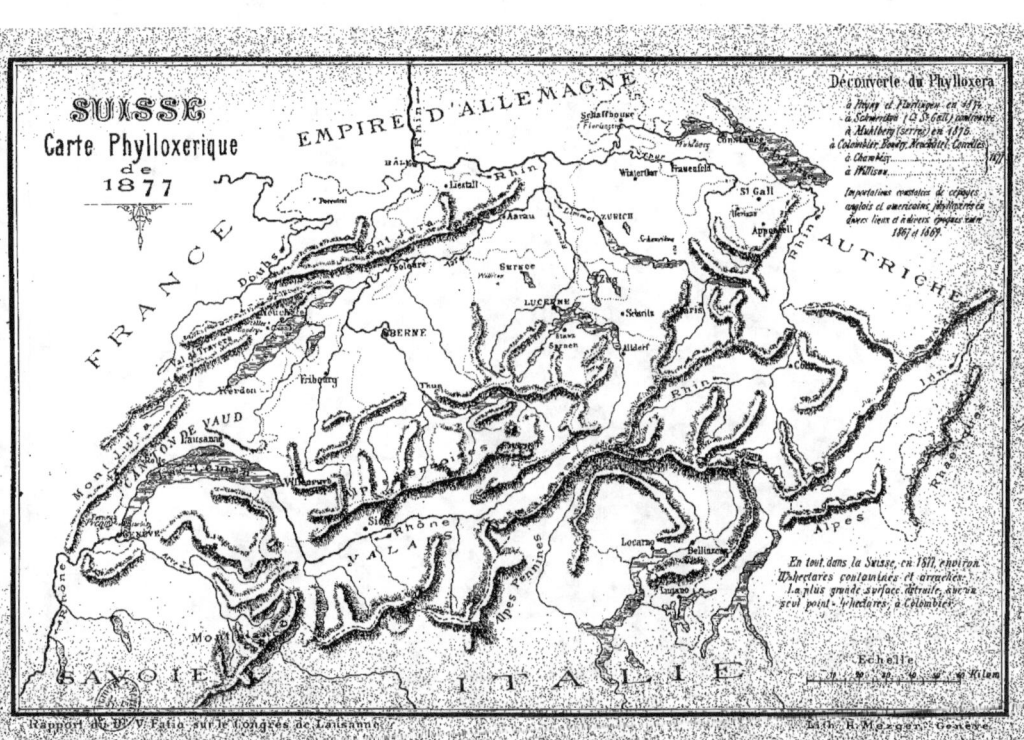

SUISSE
Carte Phylloxerique
de
1877

Découverte du Phylloxera

à *Prégny* et *Florissant* en *1874*
à *Schwerzlen (Ct St-Gall)* contreverse
à *Muhlberg (serre)* en *1876*
à *Colombier, Boudry, Neuchâtel, Corcelles*
à *Chambésy* *1877*
à *Villieux*

Importations constatées de cépages
anglais et americains, phylloxérés en
divers lieux à à divers époques entre
1867 et 1869

EMPIRE D'ALLEMAGNE

FRANCE

AUTRICHE

En tout, dans la Suisse, en 1877, environ
10 hectares contaminés et arrachés;
la plus grande surface détruite, sur un
seul point 4 hectares, à Colombier

Echelle

SAVOIE   ITALIE

EUROPE
Carte Phylloxérique
de
1877
Courbes Isothermes
Limite de la vigne en grande culture.
Pour 100 de la surface en vigne dans les pays
représentés au Congrès.

Rouge, espaces phylloxérés.
Moyennes annuelles ———— Isothermes
Moyennes d'hiver ———— Isochimènes
Moyennes d'été – – – – Isothères
Limite de la vigne ————

Les degrés de température sont donnés
à l'échelle de Réaumur.

Echelle.

Rapport du Dr V. Fatio sur le Congrès de Lausanne.

Lith. H. Menger, Genève.

www.ingramcontent.com/pod-product-compliance
Lightning Source LLC
Chambersburg PA
CBHW060810250626
47162CB00005B/1733